INSULA

Du même auteur

Les Heures solaires
Stock, 2019
et Le Livre de poche, n° 35775

CAROLINE CAUGANT

INSULA

roman

ÉDITIONS DU SEUIL
57, rue Gaston-Tessier, Paris XIXe

Pour les citations au fil du texte :
J. M. G. Le Clézio, *Hasard*,
© Gallimard, 1999.
Daphné du Maurier, *Rebecca*,
traduit de l'anglais par Anouk Neuhoff,
© Albin Michel, 1938, 1965, 2015.

ISBN 978-2-02-154579-1

© Éditions du Seuil, janvier 2024

Le Code de la propriété intellectuelle interdit les copies ou reproductions destinées à une utilisation collective. Toute représentation ou reproduction intégrale ou partielle faite par quelque procédé que ce soit, sans le consentement de l'auteur ou de ses ayants cause, est illicite et constitue une contrefaçon sanctionnée par les articles L. 335-2 et suivants du Code de la propriété intellectuelle.

www.seuil.com

À David.

Un naufragé garde l'horreur des flots, même tranquilles.

                        Ovide, *Les Pontiques*

Elle murmurait près de son oreille :
« Tout va bien aller maintenant, vous verrez, capitaine, tout ira très bien, très bien… »

                      J. M. G. Le Clézio, *Hasard*

Automne 2024

Des îles apparaissent après les séismes. L'océan Pacifique, la mer Rouge ou la mer d'Arabie ont un jour vu naître ces jeunes terres. En 2013, l'une d'elles a émergé au large de la côte de Gwadar, au sud-ouest du Pakistan. Les Pakistanais l'ont surnommée *la montagne du séisme*. La poussière du tremblement de terre se dissipant, la silhouette haute, impressionnante, est apparue au-dessus de la mer d'Arabie. Un lieu nouveau, vierge, était né.

L'île était un amas de sédiments et de roche, poussé vers la surface par la puissance sismique. Dans les mois, les années qui suivirent, ce volcan de boue, précaire, se désagrégea. À l'échelle de l'humanité, l'île disparut aussi soudainement qu'elle était née. Ce miracle contenait son propre effacement.

Lorsqu'elle pense à l'île de Gwadar, Line imagine une courbe lente, sinusoïdale se dessinant sur le ciel blanc, une terre neuve promettant moissons et floraisons avant de s'effondrer sur elle-même. Elle aime se raconter cette histoire, penser qu'une vie aurait pu y naître.

1855, Edo. 1923, Tokyo. 1995, Kobe. 2011, Fukushima. Il y a les mots des survivants, qui racontent la même histoire : le grondement extraordinaire de la terre, la manière dont celle-ci hurle avant d'avaler les hommes. Certains parlent d'un cri de colère, d'une rage immense laminant les sols, d'autres évoquent une souffrance, déchirante, celle d'un monstre à l'agonie.

Et il y a les images, gravées dans les mémoires : la foule brûlée vive dans les grands incendies de Tokyo, les corps soulevés par les tornades de feu sur le site du Hifukushô, les chevelures des femmes s'enflammant comme des torches, les geishas et les courtisanes flottant dans leurs vêtements pourpres à la surface de l'étang du parc de Yoshiwara. La terre se soulevant sur la côte Pacifique du Tōhoku, déclenchant une vague gigantesque au large de l'île de Honshū et provoquant l'accident nucléaire de Fukushima. On raconte que l'énergie libérée par le séisme fut telle que l'axe de rotation de la Terre se déplaça de plusieurs centimètres. Les côtes, les collines, les reliefs se transformèrent, forçant les hommes à revoir les cartes de la région.

Et il existe tant d'autres séismes – tant d'autres pertes – dont on ne parlera jamais car ils n'ont pas eu la force des géants.

Bien sûr, dans tous ces détails sordides, dans tous ces témoignages, Line n'a trouvé aucune réponse. Aucune de ces histoires ne ressemble à la sienne. Aucune n'a le pouvoir de la consoler. Toutes finissent par se confondre dans son esprit.

La Line d'aujourd'hui – celle qu'on déterre et qu'on ramène à la vie – est née d'un séisme. Elle incarne un miracle. Comme ces légendes, au cœur des catastrophes, qui échappent au désastre – fantômes sortant des décombres, bébés aux sourires immaculés extraits de l'enfer, arbres centenaires et vieux temples épargnés par les secousses meurtrières. Ces histoires, on les murmure comme des contestations ; elles désobéissent aux lois d'un monde dévasté.

Au cœur du chaos, elles ouvrent des chemins de lumière.

Ce qui est arrivé à Line aurait pu faire partie de ces récits extraordinaires chuchotés près des tombes : car, contre toute attente, elle en a réchappé. La miraculée de Tokyo, transfigurée, retrouvant la lumière, c'est ainsi qu'elle aurait pu être représentée dans une version idéale des choses. Mais cette image aurait été si éloignée de la réalité de son retour ; un poème mensonger, irrecevable. Aussi fragile et trompeur que l'île de Gwadar.

Tous ont cru à ce mirage. Mais les répliques furent brutales, incessantes. Depuis des mois, le séisme a continué d'opérer à distance. Et le corps est comme la terre. Soumis à une pression persistante, insistante, il finit par lâcher. Lorsque le seuil de rupture est atteint, c'est une déchirure, foudroyante, libérant une énergie fantôme accumulée depuis un temps infini. Le corps n'oublie pas.

Le corps de Line avait gardé, intact, caché quelque part dans une zone inaccessible ce que le choc avait effacé de sa mémoire. Puis un jour, les souvenirs de Tokyo sont remontés avec une telle clarté, une telle intensité, qu'ils l'ont submergée. Alors elle a fui.

Elle est partie là où l'appelait sa mémoire.

PREMIÈRE PARTIE

La miraculée

1.

Printemps 2024

« Allô ? Thomas ? Je pars... Je suis déclenchée. »
Derrière la voix de Line résonnent les bruits familiers de l'aéroport. À l'autre bout du fil, Thomas l'imagine arpenter l'une des allées qui précèdent les sas de sécurité – veste bleu marine, talons carrés, collants de contention sous sa jupe droite, chignon serré, peau fardée et lèvres rouges, et, autour de son cou, le foulard bleu et blanc, aux couleurs de la Compagnie.
« Tu pars où ? »
Il attrape nerveusement sa tasse, renverse du café sur l'une de ses copies.
« Tokyo. Je rentrerai vendredi matin. »
Il y a de la lassitude dans sa voix. Une très légère inflexion qu'une oreille distraite n'aurait pas perçue. Mais lui l'a entendue. Il en connaît toutes les intonations. Chaque variation. Il sait déchiffrer ses temps de pause, ses respirations

lentes ou altérées, plus sûrement que les expressions de son visage – son regard triche parfois, maquille ses intentions. S'il la connaît si bien, c'est peut-être parce que la voix de Line est la toute première chose qu'il a saisie d'elle, un matin, dans un Boeing 777 en partance pour Montréal, cinq ans auparavant.

Le visage blême, tendu sur son siège, Thomas luttait contre l'envie d'enjamber son voisin et d'aller trouver les membres de l'équipage pour leur expliquer qu'un événement de dernière minute l'empêchait de prendre cet avion. Il avait avalé un anxiolytique trente minutes avant l'embarquement, avait baissé le volet du hublot et attendait le décollage imminent. En général, il évitait les voyages lointains, mais cette fois il n'avait pu s'y soustraire.

Une voix féminine avait résonné dans l'habitacle, listant les consignes de sécurité pendant qu'un steward les mimait dans l'allée étroite. Lorsque celui-ci avait enfilé le gilet de sauvetage, Thomas avait fermé les yeux et s'était concentré sur la voix. Grave, enveloppante, elle tressautait légèrement à la fin des mots, au niveau de la dernière syllabe. Elle semblait danser.

Lorsqu'il lui avait avoué plus tard qu'il était d'abord tombé amoureux de sa voix, Line lui avait répondu que l'amour tenait finalement à si peu : ce jour-là, la vidéo des consignes de sécurité était en panne et l'équipage avait dû opter pour la vieille méthode du *Public Address*.

Il l'avait rencontrée au milieu du vol, alors que la plupart des passagers étaient endormis. Recroquevillé depuis des heures sur son siège, il avait fini par se lever, avait déplié son grand corps et fait quelques pas dans l'allée pour se dégourdir les jambes. Il était remonté jusqu'au galley et avait demandé un verre de whisky à l'hôtesse.

« Vous devriez prendre de l'eau », lui avait-elle suggéré.

Il avait reconnu sa voix, l'accent tonique sur la dernière syllabe.

Line était presque aussi grande que lui, ses cheveux bruns, tirant vers le roux, solidement noués, sa peau parsemée de taches de son. Celles-ci transparaissaient comme de petits îlots bruns sous la couche de fond de teint. Au milieu de son visage pâle, ses yeux gris tirant vers le vert avaient la couleur des lacs en hiver. Dans son regard, on pouvait lire un mélange d'entêtement et de force tranquille. Elle avait levé le menton en lui tendant un verre d'eau.

Des années plus tard, Thomas repenserait à ce tout premier regard de Line, qui racontait déjà ce qu'elle était – une âme sereine, solide. Et il s'interrogerait : où se logent nos fêlures ? Sous quels remparts intimes se cachent-elles, trompant notre vigilance ? Où se trouvait la faille dans le corps de Line ?

Six mois après leur rencontre, ils s'étaient installés dans l'appartement de la rue Taine, et depuis, Thomas vivait au rythme de ses vols long-courriers. Elle partait quatre fois par mois et couvrait toutes les destinations internationales, au-delà de l'Europe. Parfois elle lui racontait : Le Cap, à la pointe de l'Afrique du Sud, où se rejoignent les océans Indien et Atlantique, New York et son énergie électrique, la douceur de vivre des Antilles, Rio et la vue sur le Pão de Açúcar...

Avant chacun de ses départs, il la regardait se connecter sur l'intranet de la Compagnie pour connaître les détails de son vol : spécificités de l'avion, liste de l'équipage et heure du briefing. Il écoutait ses récits, comprenant peu à peu ce que son rôle impliquait – la vigilance, le sang-froid, la patience face aux exigences des passagers, la capacité à sourire en toutes circonstances, l'aptitude à réagir vite et bien s'il le fallait. Il avait été étonné d'apprendre qu'ils étaient des milliers d'hôtesses et de stewards à faire partie de la Compagnie et qu'il était extrêmement rare que Line vole deux fois avec la même personne. Chaque départ signifiait de nouveaux visages. Au fil de ces rencontres fugitives, ils finissaient par former une grande famille. C'est ainsi que Line parlait des membres d'équipage avec lesquels elle partageait des nuits et des jours entiers dans les espaces confinés des avions, puis dans des escales lointaines. La plupart de ses émerveillements et insomnies, elle les partageait avec d'autres.

« Lorsque je vole, je remonte le temps », lui avait-elle dit un matin, aux aurores, en ramassant ses cheveux et en piquant dedans des épingles qu'elle perdait ensuite aux quatre coins de l'appartement. Tout en épuisant son corps, les décalages horaires l'exaltaient encore. Elle aimait ce jeu perpétuel avec le temps. Line portait toujours deux montres à son poignet, celle marquant l'heure française et l'autre, qu'elle réglait sur chacune de ses escales.

Il s'était habitué à ses départs, avait appris à étouffer sa jalousie ; mais ce qui n'avait jamais changé, c'était la peur.

Thomas était incapable de monter dans l'un de ces grands oiseaux métalliques. Il aurait pu accompagner quelquefois Line en vol, profiter de son statut de conjoint pour sillonner le monde avec elle, mais il ne l'avait jamais fait.

Plusieurs fois par semaine, Thomas enseignait le français dans un collège privé du XIIe arrondissement. Le reste du temps, il s'asseyait à son bureau, face au mur de l'immeuble voisin, et il préparait ses cours, corrigeait les copies de ses élèves, bercé par les bruits de la cour où tout résonnait – musiques et conversations, poubelles jetées dans les bacs, cycles des lave-linge et roucoulements des pigeons. Thomas râlait, disait que ça le déconcentrait, mais ces vies qui se déroulaient tout près l'extrayaient de sa solitude.

Huit mètres à peine séparaient leur appartement du mur d'en face. Un mur nu, sans fenêtres. Thomas y distinguait la peinture sale, les traces de pluie et la longue fissure qui le traversait.

C'était là, devant cette fenêtre aveugle, dans le renfoncement prolongeant le salon, qu'il avait installé son coin pour travailler. Une planche et deux tréteaux.

« Tu es sûr ? avait demandé Line lorsqu'il avait aménagé son bureau. Tu ne veux pas plutôt t'installer de l'autre côté ? »

Elle parlait de l'autre fenêtre du salon, celle donnant sur l'angle de l'immeuble, qui plongeait sur la rue avec la possibilité de voir un morceau de ciel. Elle imaginait pour Thomas un horizon dégagé.

En dehors de ses plannings de vol, Line était de réserve six fois par an : pendant quatre jours, elle devait se tenir prête à remplacer tout membre d'équipage défaillant. Elle se rendait le matin à Roissy sans savoir si elle volerait dans les prochaines heures, ni le cas échéant vers quelle destination. Sa valise cabine contenait de quoi s'adapter à toutes les conditions climatiques. Line avait un sens de l'organisation redoutable et, pourtant, elle semait un désordre extraordinaire dans l'appartement de la rue Taine, laissant traîner ses affaires et les vieux objets douteux qu'elle ramenait de ses brocantes.

Un matin, Line fut donc *déclenchée* sur Tokyo : elle avait quitté l'appartement à l'aube pour assurer son astreinte. Thomas ne s'était pas rendormi, il s'était préparé un café, avait fini de corriger des copies et lu quelques pages d'un magazine qui traînait dans le salon. Après l'appel de Line, passé depuis l'aéroport, il partit pour le collège.

Le lendemain, il passa une partie de sa matinée à préparer ses cours, déjeuna, puis il sortit faire un tour. À Paris, le soleil inondait les rues et les terrasses pleines. À l'heure qu'il était, la nuit recouvrait maintenant Tokyo. Il s'installa à l'intérieur d'un café non loin de la bibliothèque François-Mitterrand et commanda un allongé.

Il étudia le manège du serveur qui circulait entre les tables, regardant distraitement la télévision accrochée au fond de la salle. Les mots du présentateur étaient couverts par le brouhaha ambiant. Cela valait mieux. Thomas fuyait les actualités débilitantes. Pourtant, quelques instants plus tard – il ne le savait pas encore –, il ramperait devant cet écran et rien n'existerait plus que les mots du journaliste.

Très vite, un bandeau rouge apparut en bas du téléviseur, annonçant un flash spécial. Et en même temps surgirent sur l'écran des images de fin du monde : dans la nuit une ville en ruine, des torches que l'on agitait et, dans les faisceaux de lumière, des silhouettes grises de poussière ayant l'air de revenants.

Hypnotisé par les images, Thomas lâcha sa tasse. Peut-être les clients du bar s'arrêtèrent-ils de parler, de boire. Il ne le sut pas. Il ne les voyait pas. Il se concentrait sur le béton fragmenté, les immeubles renversés et les éclats de verre scintillant comme des gouttes d'eau dans la nuit.

En bas de l'écran, les mots commencèrent à défiler, répétant en boucle une unique information, qui couvrirait toutes les clameurs, prendrait d'assaut les nuits et les jours qui suivraient, habiterait Thomas et les autres – les perdants, les endeuillés – pendant un temps infini.

En attendant, la nouvelle se répétait, peut-être pour aider les gens comme lui à la déchiffrer avant de tout à fait la comprendre. Cette nouvelle insensée qu'il lut, en même temps qu'il renversait sa chaise. Il courut vers l'écran, demanda qu'on monte le son, s'agrippa au serveur, lui enjoignant de monter le son encore, modifiant définitivement l'atmosphère du bar, et hurlant peut-être, oui, hurlant sans doute, lâchant son cri de géant.

...

Tremblement de terre...
sans précédent...

14 h 31 heure française.
22 h 31 au Japon.

Nombreuses victimes...
Disparus...
Des milliers...
Les habitants surpris dans leur sommeil...
Les gens crient Jishin !

Pas d'informations précises pour le moment...
Nouvelles secousses attendues...

Tokyo sous les décombres.
Tokyo défiguré.
Tokyo.
Tokyo.

*

Tokyo au printemps
La saison de l'*hanami*
La beauté éphémère des fleurs des cerisiers

Sous la voûte du ciel
La grande lanterne rouge
À l'entrée du temple Senso-ji

Puis les cris
Les pulsations de la terre
La pluie de verre et d'acier

Line

Elle a six ans et elle ressemble à un lutin.

Ses cheveux raides sont retenus par un élastique blanc d'où pend une minuscule étoile. Trop serré, il tire sur sa nuque. Elle porte une brassière argentée et un jupon en tulle rose qui s'ouvre comme un éventail au niveau de sa taille. Dessous, le collant blanc et les petits chaussons de danse assortis. Dans le vestiaire, la maîtresse lui a peint deux ronds rouges sur les joues et a déposé des paillettes sur ses paupières et au coin de ses yeux. Ensuite elle a commencé à recouvrir ses lèvres d'une pâte rose et elle a soufflé, a demandé à Line d'arrêter de bouger. Mais ce n'est pas si simple de rester comme ça, parfaitement immobile ; la fillette a envie d'aller aux toilettes, et elle n'ose pas demander.

Line est sur scène maintenant. Tout est noir derrière le rideau de lumière. Les spots l'éblouissent et l'empêchent de distinguer le public. Line sait que ses parents sont là, assis quelque part dans la salle, qu'ils la regardent ; ils sont venus pour ça, pour voir les progrès de leur enfant, comme tous les autres parents.

Elle a peur tout à coup, une peur terrible de ne pas y arriver, de gâcher le spectacle. Ce spectacle qu'ils ont répété des dizaines de fois avec la maîtresse. Bientôt les trois notes marquant le début de sa chorégraphie vont résonner sur scène et dans la salle. Se souviendra-t-elle des pas appris pendant les répétitions ? Sa tête tourne, son cœur bat trop fort et il y a l'envie pressante de faire pipi. Line la combattante se sent soudain ridicule, fragile et vacillante ainsi exposée sur cette scène noire, immense ; elle voudrait fuir, s'échapper loin de la salle, loin des regards invisibles qui pèsent sur elle.

Puis les trois notes résonnent.
Trois sons qui déclenchent trois petits pas. Timides.
Ses mains s'ouvrent, se collent l'une contre l'autre et forment le cœur d'une fleur.
Ses bras s'écartent, se tendent vers le ciel et laissent entrer l'air dans ses poumons.

La musique accélère maintenant, virevolte dans la salle.
Les jambes de Line se réveillent alors, s'élancent derrière la musique. Ses jambes courent et ce n'est pas Line qui les commande.
Elle laisse son corps faire ce qu'il veut. Ce corps tout à coup libre – libre comme un animal –, ce corps qui court après les notes.

Dans la lumière des spots, brillent et se mélangent les paillettes, le tissu argenté et le jupon de tulle.

Le petit lutin s'envole.

2.

La poussière. C'est à ça que Thomas pensait en regardant ce que le tremblement de terre avait fait de Tokyo. Outre les dégâts matériels, outre les victimes que l'on dégageait des décombres – manège qui durerait des semaines –, il y avait cette brume persistante qu'aucun vent ne pouvait dissiper. La poussière dansait dans les rues, courait le long des trottoirs entre les façades démantibulées. Elle s'accrochait aux cheveux, à la sueur de ceux qui se démenaient au-dessus des corps inertes, agaçait leur peau et asséchait leurs pupilles. Elle recouvrait tout d'un linceul de cendre.

Thomas avait fini par quitter le café de la bibliothèque François-Mitterrand. Il était rentré en courant jusqu'à l'appartement. En enfonçant sa clé dans la serrure, il avait imaginé un instant que Line se trouverait là. Qu'elle aurait quitté Tokyo plus tôt que prévu. Qu'elle serait rentrée.

Depuis il passait sans relâche d'un écran à l'autre – celui de la télévision, de la tablette, de son téléphone, muet. Il avait composé inlassablement le numéro de Line, écoutant sa voix répéter le même message – *Je ne manquerai pas de vous rappeler !*

Il aurait dû tout éteindre ; les mêmes informations tournaient en boucle, sans le renseigner davantage sur ce qu'il advenait d'elle. Mais il restait là, prostré sur le canapé, à regarder la poussière voler au milieu d'une ville dévastée.

Les Japonais étaient habitués aux séismes. Ils vivaient sur la ceinture de feu du Pacifique, à l'intersection de plusieurs grandes plaques tectoniques. Mais depuis des années, ils redoutaient le monstre à venir, un séisme d'une magnitude exceptionnelle : le *Big One*. Il y avait des prévisions chiffrées, des estimations précises sur le nombre de victimes et les dégâts que ce séisme majeur, selon toute vraisemblance, occasionnerait.

Big One. Ce terme avait des résonances mythiques. Il évoquait la colère des dieux, un drame cataclysmique ravageant une terre lointaine. La fin d'un monde, à des milliers de kilomètres de chez eux.

Pourtant Line s'était trouvée là lorsque, une nuit de printemps, la terre avait enflé sous les pieds des Tokyoïtes. Le *Big One* tant redouté avait fini par montrer son visage.

Les journalistes décrivaient un enfer auquel nul ne s'attendait. Même ceux qui vivaient là, Tokyoïtes de souche ou expatriés, parfaitement informés des risques des séismes, n'avaient su comment réagir. Surpris dans leur sommeil, il leur avait fallu un moment pour reprendre leurs esprits, comprendre et agir en conséquence. Un immense vent de panique avait gagné les quartiers ravagés. Personne n'avait prévu ce qui était arrivé cette nuit-là, ni les sismologues ni les diseuses de bonne aventure. Le tremblement de terre de l'*hanami* avait libéré une quantité d'énergie inédite, dépassant les mesures du séisme de 1960 au Chili, qui avait atteint 9,5 sur l'échelle de Richter.

À Tokyo, comme à Kobe des décennies plus tôt, les journalistes arrivèrent sur les lieux avant les secours. Les premiers détails macabres commencèrent à affluer dans l'heure qui suivit le tremblement de terre. Cela devint vite une course contre la montre, à laquelle tous les médias du monde se livrèrent. Estimations du nombre de disparus, rues effondrées, coupures d'électricité, lignes téléphoniques saturées, incendies déclarés. Certains quartiers plus touchés que d'autres restaient isolés et inaccessibles.

Une orgie d'informations, précises et floues, parfois contradictoires, n'ayant d'autre effet que de renforcer la solitude de ceux qui étaient touchés de plein fouet – Thomas et les autres, les proches des disparus. Ceux qui attendaient. Ceux qui avaient tant à perdre.

Hypnotisé, Thomas s'agenouillait aux côtés des éperdus, prenant part à la grande angoisse collective. Quelque chose en lui refusait de s'en extraire. Faire des gestes simples aurait pu ralentir la course de ses pensées, mais il se laissait assaillir par les images, balancé entre Paris et là-bas, ne sachant plus réellement où il se trouvait.

Il finit par éteindre la télévision. Après les voix des journalistes et les visages pris dans la poussière, le silence de l'appartement s'abattit sur lui, reflua dans ses oreilles. Ce silence-là le terrifia, bien plus que les images. L'appartement devint tout à coup imposant, vide et plein à la fois, muet et assourdissant, envahi par les objets de leur quotidien qui hurlaient l'absence de Line.

Il ralluma la télévision. S'approcha de l'écran, le toucha des doigts, le fouilla. Il chercha dans les images sa silhouette fine, grise, qui jaillirait des décombres, en arrière-plan. Que personne ne remarquerait, sauf lui.

La Compagnie avait indiqué un numéro d'urgence pour les familles des navigants se trouvant à Tokyo au moment des faits. Thomas les appela, plusieurs fois. Personne ne savait où elle était. Les recherches sont en cours, répétaient-ils. On lui parla de cellule psychologique et il craqua. Il insulta tout bonnement la femme qui lui proposa ça – une *cellule* pour les forcenés comme lui.

Tout ce qu'il apprit, c'est que l'équipage dont faisait partie Line était logé dans un hôtel ayant subi peu de dégâts. Grâce aux normes de construction antisismiques, la plupart des grands bâtiments tokyoïtes modernes avaient été conçus pour se déformer en cas de tremblement de terre, et non s'écrouler. L'application de ces normes nécessitait des travaux coûteux, ce qui expliquait que tous les bâtiments de Tokyo et des villes japonaises n'en bénéficiaient pas. Les conséquences du séisme de l'*hanami* seraient ainsi inégales en fonction des quartiers.

Le problème était l'heure à laquelle avait eu lieu le tremblement de terre. Beaucoup des membres de l'équipage du Paris-Tokyo, victimes du décalage horaire, avaient voulu profiter de la nuit tokyoïte. Lorsque la terre commença à trembler, certains d'entre eux étaient encore dehors, éparpillés dans la ville. Sans connaissance réelle des quartiers où ils se trouvaient. Sans notion non plus des bons réflexes à avoir. Ils avaient été parfaitement formés à des tas de choses – gestes de premiers secours, normes de sécurité des avions, attitudes à adopter en cas de prise d'otages ou de crash aérien –, mais pas à un séisme majeur sous les immenses tours, au cœur de la ville tentaculaire.

Ce que Thomas se répétait en regardant danser la poussière sur l'écran, c'est que les choses n'auraient pas dû se passer ainsi. Line n'aurait pas dû se trouver à Tokyo. Elle avait remplacé un membre d'équipage défaillant.

Qui décrète que l'on se trouvera là, au moment précis où les poussées de deux plaques tectoniques auront atteint leur seuil de rupture ? Qui manipule les fils de nos destinées ?

Pendant les jours qui suivirent, les chiffres continuèrent de grossir, se nourrissant les uns les autres. Plus ils enflaient, plus Line s'effaçait. L'idée qu'elle disparaisse, étouffée sous leur bruit, terrifiait Thomas. Pouvait-elle être ainsi gommée, devenir une donnée s'additionnant aux autres, sans histoire, sans chair ?

Alors il ferma les yeux et il chercha son corps. Il imagina Line dans une cavité obscure, entourée de parois instables. Il la vit repliée sur elle-même, ses jambes couvertes de terre et, plus haut, sur sa hanche, les feuilles d'encre, mêlées au sang. Criait-elle ? Est-ce qu'ils l'entendaient ? Est-ce qu'ils la cherchaient ? Peut-être l'avaient-ils déjà trouvée et, dans quelques instants, le téléphone allait sonner. Il entendrait sa voix, lointaine, lui répéter que tout allait bien.

Tout va bien, Thomas. Tout va bien, mon amour. Ce n'était qu'un rêve. Il y a des rêves comme ça, monstrueux, mais ils ne durent pas. On finit par se réveiller.

Quatre jours après le tremblement de terre, Thomas reçut un appel de la Compagnie lui disant qu'une hôtesse du vol Paris-Tokyo avait livré des informations précieuses concernant Line, resserrant le périmètre de recherche – Thomas voulait croire qu'une équipe avait été diligentée spécialement pour elle. Il s'accrochait à cette idée parce que, au cœur du chaos, il lui restait cet espoir qu'il ne soit plus question de chiffres, mais d'un être unique.

Grâce à cette hôtesse, ils surent où Line se trouvait peu avant le séisme. Elles avaient passé la journée ensemble et s'étaient quittées près du parc d'Ueno vers dix-sept heures trente. Avant de rentrer à l'hôtel, Line prévoyait de se rendre, seule, dans le quartier d'Asakusa où les rues commerçantes fourmillaient d'échoppes et de magasins traditionnels. On lui avait parlé d'un temple et d'une rivière qui coulait là.

Thomas raccrocha et se connecta à Google Earth. Sur l'écran, il sillonna les rues d'Asakusa. Il déambula dans une ville où il n'irait sans doute jamais, contempla les contours des immeubles étroits qui voisinaient avec des maisons de bois, se perdit dans les allées bordées de petites boutiques dans lesquelles il ne pouvait entrer, mais qu'il imagina remplies de bols, de théières et de baguettes gravées. Il aperçut une pagode et la grande porte rouge du temple, des ombres floues qui se pressaient devant. Parmi elles, il distingua des Japonaises habillées de kimonos, flottant parmi la foule, sortes de rémanences de la ville fantôme.

Pendant les heures qu'il passa à chercher une silhouette parmi des rues qui auraient dû ressembler à des cratères et non plus à ce que l'écran lui montrait – une ville épargnée, vivante –, il bénit ce paysage virtuel, ce mensonge. Il lui sembla que ces images étaient la seule consolation qui lui était offerte. Alors il s'en rassasia, comme il se serait gavé de sucre. Dans les images, il chercha Line. Il courut après son fantôme, dans une ville qui n'existait plus.

Puis il y eut le huitième jour.
Le téléphone sonna et quelqu'un lui parla.
On l'avait retrouvée. Line était vivante.
Elle était prise en charge. On l'examinait.
Elle serait rapatriée en France. Bientôt. Très bientôt.

Elle souffrait de déshydratation et de dénutrition, mais elle n'était pas blessée.
C'était un miracle.
Elle était restée huit jours et huit nuits sous terre, se nourrissant d'eau de pluie.
Par chance, il avait plu à Tokyo ce printemps-là.

*

Corps accouché des ténèbres
Extrait du ventre de la terre
Soulevé vers la lumière

Vent
Pluie fine
Sable et boue sur la peau

Voix inaudibles
Accents inconnus
Cris et moteurs

Line

Elle a huit ans, dix ans, douze ans, et toujours elle danse.

Un oiseau longiligne, maigre – échasse blanche aux pattes interminables – en vol au-dessus d'un parquet lustré, dans une salle entourée de miroirs. Un jupon en tulle enserrant sa taille étroite, collants blancs, longs cheveux raides retenus en chignon, Line fait bouger ses bras, ses jambes, tournoyer son corps. Son visage concentré. Sa nuque claire.

Chaque mercredi, elle se rend au cours de Mlle Pedrin, près du métro Pasteur. La salle se trouve au fond d'une impasse pavée. Le bruit de Paris y est englouti avant même d'atteindre la porte vitrée. Mlle Pedrin accueille chacune de ses élèves l'une après l'autre. La professeure est maigre, un peu austère et profondément attachée à ses petites, à leur progression. Elle veille à ce qu'elles soient toutes là avant de commencer son cours. Aucune n'est jamais en retard. La ponctualité, la discipline aussi font partie de la danse.

Le temps passe et laisse des empreintes sur le visage de Mlle Pedrin, les saisons défilent, déforment le ciel au-dessus de l'impasse, mais dans la salle de danse, tout est immuable – nuques blanches, jambes tendues, tutus, chaussons et odeurs des corps qui travaillent. C'est si doux et cela demande tant d'effort ; Line ne pourrait s'en passer. C'est devenu son point d'ancrage. Elle grandit en se pliant aux exigences de la danse et progresse d'année en année. Elle devient plus entêtée aussi, sollicitant son corps, voulant voir ce qu'il est capable de produire, jusqu'où il peut aller. Et de jour en jour il devient plus extensible, plus léger.

Elle aimerait ne faire que ça de son temps : passer ses journées de fillette, d'adolescente, de femme – des mois, des années – à virevolter au-dessus du sol. Tendre vers la perfection, mettre à l'épreuve ses muscles, étirer ses membres jusqu'à entendre les craquements des os. Se laisser porter par la musique et oublier les inconforts, les basses douleurs.

S'envoler.

3.

Sous la lumière blafarde des néons, Thomas se rongeait les ongles, le corps tordu sur un siège en plastique du couloir de l'hôpital Cochin lorsqu'une infirmière vint le chercher. Il pouvait entrer dans la chambre où Line se reposait. Elle avait été rapatriée dans la nuit et même si elle avait bénéficié de soins à Tokyo, ils voulaient la garder en observation, procéder à des examens. Il était venu à l'aube et depuis des heures il attendait dans ce couloir lugubre de la retrouver.

Elle dormait. Lorsqu'il entra dans la chambre, c'est son teint cireux qui le frappa d'abord. Sa maigreur était dissimulée sous les draps, dans ce lit blanc où elle reposait, immobile.

Elle avait passé huit jours et huit nuits sous terre. C'est ce qu'ils lui avaient expliqué au téléphone. C'était un miracle qu'elle ait survécu.

En s'approchant, il vit les fines lignes bleues sur ses paupières fermées. Dessous, ses yeux traçaient des courbes rapides. À quoi rêvait-elle ? Savait-elle qu'elle était maintenant en sécurité ? Il prit sa main et la regarda dormir. Le sentait-elle, là, dans la chambre, tout près d'elle ? Il attendit, longtemps, puis il quitta la chambre.

Alors que Line dormait encore, un médecin de l'hôpital reçut Thomas. Il lui fit un compte rendu précis : syndrome post-commotionnel, troubles cognitifs, déshydratation sévère, dénutrition, insuffisance rénale, sensibilité oculaire. Ces symptômes avaient été soignés pendant l'hospitalisation de Line à Tokyo. Elle avait besoin de repos, mais elle ne présentait pas de troubles chroniques.

Elle avait besoin de repos. C'est ce que Thomas retint principalement. Il écouta aussi les conclusions de la cellule d'urgence médico-psychologique et du débriefing, qui mentionnaient stress aigu, détresse émotionnelle, sentiment de confusion, souvenirs parcellaires et repères temporels perturbés, mais il n'en garda qu'un mélange d'informations flou et désordonné. Une seule chose comptait : Line allait bien.

Lorsque le médecin lui parla d'une éventuelle prise en charge psychologique, Thomas le remercia poliment, *pour tout*, avant de prendre congé.

Il sortit fumer une cigarette. Dehors, la lumière vive le heurta. Il lui fallut s'éloigner de l'hôpital pour reprendre son souffle. Ébloui, il remonta lentement la rue du Faubourg Saint-Jacques, lorgna la terrasse d'un bistrot. Il commanda un café serré. Puis très vite, il ressentit le besoin urgent de retrouver la chambre d'hôpital, de s'assurer que Line y dormait encore, que son retour était bien réel. Il laissa quelques pièces sur le comptoir et traversa la rue en courant. Nauséeux, il cavala à travers le dédale des couloirs de l'hôpital, au milieu des odeurs de médicaments et de désinfectants, et ouvrit à la volée la porte de la chambre.

Elle était là. Elle l'attendait. Elle s'était habillée. Yeux mi-clos, elle était assise sur le lit, un sac dans les bras, ses cheveux coulant sur ses épaules osseuses, comme de longues mains brunes. Elle tenait le sac comme elle aurait serré un enfant. En la voyant ainsi figée, avec sa nuque blanche et ses joues creuses, les reflets du soleil traversant les stores à demi baissés dessinant mille points lumineux dans ses cheveux, il pensa à la mère tenant sa petite fille dans le tableau de Klimt, *Les Trois Âges de la femme*.

Line se redressa.

Il s'approcha du lit, d'un pas hésitant, comme s'il marchait sur un sol instable.

Son regard, sa peau, la pesanteur de son corps – quelque chose s'était modifié. Il ne s'agissait pas seulement de sa maigreur, non, il y avait autre chose. Et il cherchait où se situait cette anomalie. Dans la pénombre, il prit sa tête entre ses mains. Des ombres bleues creusaient ses yeux. Elle lui sourit, d'un sourire las, pâle copie de l'ancien. Elle se singea elle-même et cela lui demanda un effort considérable.

Puis elle se blottit dans ses bras. Il la serra si fort qu'à un moment elle rit.

« J'arrive plus à respirer, Thomas ! »
Ils restèrent un long moment ainsi, immobiles dans la chambre.
« J'ai eu si peur, Line. J'ai cru que... »
Parler était inutile. Thomas voulait seulement se laisser aller, continuer de ressentir cette joie pure. Et il avait pensé : ce que nous vivons maintenant dans cette chambre est le moment le plus heureux de ma vie. Le plus désolant aussi. *Tout est parfait, Line. Tu es là. Nous rentrons chez nous.*

Avant de quitter la chambre, elle était allée vers la fenêtre et s'était penchée vers le jardin de l'hôpital. Elle observait les bancs et les parterres de fleurs, leurs couleurs vives au milieu de l'herbe tondue, brillante, avec un air sérieux qu'il ne savait comment déchiffrer.
Ses épaules s'étaient crispées tout à coup, un spasme avait secoué son dos. Le sanglot avait semblé bloqué au départ, replié en elle, comme si elle n'avait pas assez de force pour l'extraire. Elle avait lutté un moment. Puis, enfin, le cri avait fusé à travers sa gorge. Un râle ressemblant à un miaulement, immense pour son corps fatigué.
« Line. Je suis là. Calme-toi. »
Elle avait sursauté, s'était tournée vers lui avec une expression médusée. C'est alors qu'il avait compris. En plongeant dans ses yeux secs, rouges, il avait su que le chemin qu'elle avait parcouru depuis Tokyo n'était pas fini.

Muets, ils écoutaient maintenant les bruits de l'hôpital, la vie s'agitant derrière la porte de cette chambre empreinte d'une atmosphère de morte-saison – semelles grinçant sur le linoléum, chariots claquant contre les portes, rires des infirmières –, cette vie qu'il leur fallait rejoindre. Dans la pénombre suffocante où perçait la lumière du presque-été, une métamorphose avait lentement lieu. Ils étaient deux amants désormais séparés par cette chose qu'elle avait vécue et dont lui ne connaîtrait jamais la teneur. Il ne savait pas encore ce que Tokyo avait fait d'elle. Il le devinait seulement.

Ils se voulaient gagnants, invaincus, mais ils étaient désarmés. Line et Thomas étaient devenus ce bloc d'amour fragile, soumis aux aléas du vent, de la vie elle-même. Et cette fragilité le bouleversait.

« On y va, Line ? On rentre à la maison ?
– Et elle ?
– Elle ? De qui parles-tu, mon amour ? »

Sa poitrine se souleva, ses lèvres pâles s'entrouvrirent, prêtes à libérer les mots. Il sentit son haleine aigre, mélange des relents de l'hôpital et de l'odeur de la peur. Il attendit, prêt à tout entendre, mais Line se tut.

Ses lèvres se refermèrent comme deux pétales blancs.

*

Le silence
Vague insonore
Indolore

En soi
Se replier
S'oublier

Rêver
De trêve
D'abandon

Line

Elle a treize ans et elle appelle l'eau.

Sa vie est un paysage routinier, cerné de pluie, de jurons et de klaxons. Elle longe les trottoirs crottés de Paris en rentrant du collège, guettant déjà ce qui l'attend tout au bout de cette grisaille : la mer du Sud.

Elle se languit des journées d'été sur la plage. Elle n'attend que ça : les bains et les châteaux de sable. Line est avide d'eau, avide du long chemin à parcourir jusqu'à la mer : les kilomètres de l'autoroute du Sud avalés en une journée avec valises, serviettes et bouées entassées dans le coffre. En arrivant, elle déballe ses affaires à la va-vite, enfile son maillot de bain et dévale la route jusqu'au front de mer. C'est seulement lorsque le sable brûlant coule entre ses doigts de pied, lorsqu'elle rejoint l'eau salée, qu'elle se sent en vacances.

Line est enfant unique. Sans la mer, sans la plage, l'été serait pour elle d'un mortel ennui. Mais au bord de la Méditerranée, elle est libre. Libre de nager vers le large. Ses parents lâchent du lest, tout en gardant un œil sur elle. Ce n'est plus ce couple arpentant hâtivement les trottoirs de Paris, engoncés dans des manteaux qui les étouffent tout autant que leur ville. Là, sur la plage, ils soufflent. L'été, la seule véritable obsession de sa mère est l'hydrocution. Mouille-toi bien la nuque avant d'entrer dans la mer, lui répète-t-elle chaque jour.

Flottant à la surface de l'eau, jambes et bras écartés en étoile de mer, Line est maintenant en apesanteur. Elle a l'impression de voler, comme lorsqu'elle danse.

Elle relève la tête et aperçoit de loin les serviettes collées les unes contre les autres sur cette petite plage du Sud, bondée, où ils s'entassent tous. Line imagine tout à coup qu'une vague géante se lève et les avale. Que la foule des touristes disparaît. Tous. Même ses parents. Qu'il ne reste rien, ni éclaboussures ni cris d'enfants. Seulement les légers remous de l'eau et le sable brûlant.

Juste la mer et elle, plus libre encore, peinarde, affranchie de toute autorité, souveraine sur la plage devenue déserte.

4.

Dans l'appartement, Line flottait. Depuis son retour de l'hôpital, dix jours s'étaient écoulés et cette sensation ne la quittait pas. Un flottement, interminable, comme lorsqu'elle s'apprêtait à prendre son tour de garde au milieu d'un vol de nuit, le corps encore engourdi après ses heures de repos sur les couchettes réservées à l'équipage dans les culs des avions.

Le jour où elle était rentrée, elle avait été prise de vertige. Thomas avait ouvert la porte et elle avait senti l'odeur familière de l'appartement planant autour d'elle comme un souvenir ancien. Thomas avait reculé après avoir ouvert. Il l'avait laissée entrer en premier, comme si elle était une invitée chez eux – une étrangère pénétrant l'intimité d'une autre femme, qu'elle aurait connue dans un temps lointain.

Line avait rapidement passé en revue le salon : le canapé en velours bleu, la chaise en bois devant le bureau, le mur sale de l'immeuble d'en face, la cuisine minuscule, ouverte sur le salon, le vieux frigidaire rouge, la corbeille à pain posée sur le bar, la poussière dansant dans la lumière vive du printemps. Elle avait traversé l'entrée, avait tourné à gauche pour rejoindre la chambre. Elle s'était assise sur le lit, avait caressé les draps. Le livre qu'elle lisait juste avant de s'envoler pour Tokyo était toujours là, posé par terre. Son titre lui était familier, mais elle était incapable de se souvenir de l'histoire. Elle regarda la commode de l'autre côté du lit, sa boîte à bijoux posée dessus, la paire de collants fins, roulée en boule, et à côté, l'une de ses robes, grossièrement pliée. Elle fouilla sa mémoire : quand avait-elle porté cette robe pour la dernière fois ? Elle ne se le rappelait pas.

La sensation de vertige revint lorsqu'elle s'allongea. Elle fixa le plafond et il lui sembla qu'elle n'avait pas dormi dans cette pièce depuis très longtemps. Elle revenait d'un voyage qui lui avait pris des mois, des années peut-être. Un gouffre la séparait de cette robe, de ses derniers pas sur ce parquet, dans cette chambre. Lorsque Thomas lui parla, elle n'entendit pas ses mots, mais elle sursauta au son de cette voix lointaine qui venait la bousculer, interrompre ses pensées. Elle se tourna sur le côté, ferma les yeux. Elle attendit que le sommeil l'emporte. Demain elle se réveillerait et se sentirait enfin chez elle.

Que ressentir ?
C'est ce que Line se demandait en longeant l'avenue Daumesnil. Les platanes bordant les larges trottoirs, les

imposants immeubles haussmanniens, tout lui paraissait immense. Bien plus grand qu'avant. Une ville de géant.

Thomas était au collège, il rentrerait en fin d'après-midi. Ce matin-là, pour la première fois, en se réveillant, elle avait eu envie de manger. Elle s'était habillée et avait décidé de sortir faire des courses.

Depuis son retour, elle se levait chaque matin, nauséeuse. À cause du manque de nourriture, son estomac s'était rétréci. Elle suivait les instructions du médecin de l'hôpital, avalait les aliments, régulièrement, par petites portions. Sa peau, déshydratée, s'était crevassée et la fatigue la clouait parfois des journées entières au lit. Mais tout cela rentrerait bientôt dans l'ordre, ce n'était qu'une question de temps. Les vraies fissures se situaient ailleurs. Elles traçaient leur sillon au-dessous, dans des zones invisibles, creusant pas à pas en elle.

À son retour de Tokyo, la Compagnie l'avait déclarée inapte et l'avait suspendue des plannings de vol. Elle était en arrêt maladie pour le moment. Ensuite, pour une période non déterminée, elle travaillerait au sol. Avant de reprendre les vols, elle serait examinée par le médecin du travail.

Line avait rencontré une psychologue. La Compagnie avait ouvert une cellule de crise pour les navigants et les familles des victimes. Cela faisait partie du processus. Tous ceux qui étaient rentrés de Tokyo avaient dû en passer par là.

La psychologue avait saisi une feuille dans ce qui devait être son dossier. Ses yeux l'avaient survolée et Line s'était fait la réflexion que cette femme devait connaître ce qui y était inscrit. Elle en avait forcément déjà lu le contenu. La psychologue avait toussoté et lui avait souri avant de commencer à lui parler des conséquences du séisme. Et dans ce sourire, Line avait lu ce qui ressemblait à de la compassion. Elle avait eu envie de quitter le cabinet sur-le-champ. La honte et la colère avaient commencé là, à ce moment précis.

« Nous sommes là pour vous aider, pour vous écouter. Ce que vous avez vécu n'est pas anodin. Il se peut que vous souffriez de troubles anxieux, de stress. »

Line lui avait poliment expliqué qu'elle se sentait mieux, qu'elle dormait bien et qu'elle ne voyait pas l'utilité d'un suivi psychologique.

« Même si vous vous sentez forte aujourd'hui, Line, les symptômes peuvent apparaître des mois, voire des années après ce qui vous est arrivé. Il peut suffire d'un autre événement traumatique pour les réveiller. Tenez. Appelez si vous sentez que... »

Line avait attrapé la carte que la femme lui tendait, aimable et intouchable dans sa blouse blanche. Elle-même se sentait sale, fourbue, avec ce goût métallique dans la bouche qui ne la quittait plus, prise dans une torpeur, un brouillard que rien ne venait percer.

Elle avait glissé la carte dans la poche de son jean et était partie. Que dire à cette femme ? Il n'y avait pas de mots pour définir ce qui lui arrivait, cette manière d'être démunie face aux bruits, aux images qui la percutaient, envahissaient son corps comme si celui-ci avait perdu toute limite, toute peau.

Elle était rentrée en disant à Thomas qu'elle n'avait pas besoin d'un suivi psychologique. Elle avait repris ses mots à lui : après ce qu'elle avait vécu, il fallait juste qu'elle *récupère*, qu'elle se nourrisse, reprenne des forces, soigne son corps amoché. Qu'elle se relève.

En remontant l'avenue, il lui semblait marcher sur un sol cotonneux. Ses pas ne la portaient pas réellement. Elle avançait, mais cette marche pouvait s'interrompre à chaque instant. Rien ne la maintenait au sol. Désormais, plus rien ne retenait le monde.

Line n'avait pas perdu la vie à Tokyo, mais il s'en était fallu de peu. Maintenant *elle savait*. Elle savait ce qui les guettait, elle et les autres. Les inconscients. À cause de ce qui était arrivé là-bas, elle avait pris conscience de la précarité de leur existence. De la mort qui rôdait.

Elle avançait ainsi dans un monde où tout pouvait basculer. Où le hasard était devenu une arme imprévisible, capable de pulvériser leur vie en quelques secondes.

Longeant les arches du viaduc des Arts, elle se sentit tout à coup oppressée. Elle fit demi-tour, accéléra le pas, entra dans le premier magasin qu'elle croisa, acheta du vin et des fruits. Puis rentra rapidement à l'appartement.

Line enclencha la cafetière, soupira devant la vaisselle qui s'amoncelait dans l'évier. Tout lui demandait un effort considérable. Elle alluma la radio, machinalement, comme elle le faisait toujours lorsqu'elle n'était pas en vol. Une voix émergea alors, chevrotante, jouant le drame avec une telle conviction que Line se laissa embarquer. Elle n'avait rien écouté, rien vu ni lu depuis son retour de Tokyo. Les écrans étaient restés éteints. Contrairement à son habitude, Thomas n'avait acheté aucun journal. Et cette voix à présent parlait des répliques du séisme, que l'on continuait à sentir jour et nuit, à Tokyo.

Elle monta le volume, écouta le récit des gens paniqués qui se regroupaient dehors, dans les parcs et les zones désertes, qui plantaient des tentes loin des ruines de leur ville. Au milieu du chaos, ils redoutaient que survienne un autre chaos, une réplique plus forte encore, plus dévastatrice. Après la catastrophe de Fukushima, les secousses s'étaient fait sentir pendant plus de deux mois. Et si tout recommençait ?

Line les imagina, la nuit, allongés à Tokyo, guettant la moindre vibration, avec cette impression de tanguer, craignant que la petite musique du désastre se remette en marche : d'abord les claquements des portes des placards, les bruissements des tissus, les gémissements du bois, les murmures de l'eau se réveillant dans les canalisations. Puis le déchaînement.

C'est là, cernée par ces récits dans l'espace restreint de la cuisine, que Line ressentit la première vague de panique – un mouvement de bascule intime, paralysant. Les convulsions de la terre montèrent de nouveau en elle. Et les images, les bruits logés dans sa chair – grondement sourd, crissements des façades qui ploient, piliers tordus rappelant des corps démantibulés –, tout cela l'envahit.

Elle était là-bas de nouveau et la terre se brisait. Le sol ondulait et prenait la forme de vagues. Juste avant, il y avait eu la pulsation soudaine, le soubresaut du colosse qui subitement s'éveillait.

Line marchait, elle venait de quitter le temple et s'apprêtait à rejoindre son hôtel lorsque les téléphones étaient devenus fous autour d'elle. Ils s'étaient mis à sonner, tous en même temps. *Jishin desu !* *Jishin desu !* Les gens avaient couru en criant la même chose. Line connaissait ces mots, elle les avait entendus quelque part, on lui avait expliqué leur signification, mais dans la confusion du moment, elle n'avait pas eu le temps de se souvenir. Car un mugissement était venu du dessous, comme si une créature se faufilait sous leurs pieds en raclant la voûte du sol.

Oui, ça avait commencé ainsi : par un hurlement venu d'en bas. C'était le cri d'une bête, d'un dieu trahi qui gueulait sa fureur. Dégueulait une colère que rien n'apaiserait. Ce hurlement, elle l'avait ramené avec elle. Le long gémissement avait pénétré son corps, il s'était infiltré en elle, comme l'aiguille du tatoueur libère l'encre sous la peau. Elle arrivait encore à le sentir, à éprouver ses pulsations enragées.

Puis les immeubles s'étaient mis à bouger, à se tordre, aussi docilement que des roseaux pris dans des bourrasques. Les façades s'étaient déchirées comme du carton. Les morceaux de verre avaient volé. Les rues s'enfonçaient, se hérissaient sous une pression monumentale. Et le hurlement de la terre couvrait cette folie. Il effaçait tous les bruits : les brisures du béton, les plaintes des arbres déracinés. Il couvrait la mort qu'il était en train de semer.

Line s'était accrochée à quelque chose, elle ne savait plus quoi – un arbre, un mur, un homme ? Et la terre l'avait avalée. Elle avait eu la sensation de plonger sous une eau noire, vers une zone où les algues étaient aussi coupantes que des lames.

Ensuite le néant. La mémoire rongée.

Agrippée à l'évier, Line écrasa sa main sur sa bouche. Elle n'entendit pas le bruit de la tasse se brisant sur le sol. Ne sentit pas non plus le café brûlant et les éclats coupants sur ses pieds.

Il faut que tu oublies, lisait-elle dans les regards. Comment oublier *ça* ? avait-elle envie de leur répondre. L'oubli ne la sauverait pas, car il n'y avait pas d'oubli possible. Même ceux qui n'étaient pas allés là-bas n'oubliaient pas : ils avaient tout lu, tout vu sur le séisme, à tel point qu'à des milliers de kilomètres de Tokyo, ils avaient parfois l'impression de sentir le sol bouger sous leurs pieds.

Tu as eu de la chance, lui répéterait-on, et ces mots lui rappelleraient la dette qu'elle avait envers les disparus. Depuis son retour, elle cherchait un sens à ça – à cette *chance*. Le cerveau échauffé par les insomnies, Line se répétait qu'il existait, quelque part, une raison expliquant qu'elle ait été épargnée. Mais elle avait beau s'interroger, aucune réponse ne venait.

Pourquoi moi ?

Cette même question, lancinante, l'avait hantée des années plus tôt, après l'accident, et Line savait ce qu'elle pouvait soulever de peur et de remords.

Elle connaissait les mécanismes de la culpabilité, ses ramifications souterraines bruissant continuellement d'un murmure sourd, inquiétant, inaudible pour les autres. Elle savait comment celle-ci donne un arrière-goût aux choses.

À qui expliquer qu'avoir été épargnée puisse vous anéantir ?

*

Noir total
Absolu
Comme le blanc le plus pur

Nuit infinie
Nul écho
Nulle trace

Noir vorace
Comme les gouffres
Où meurent les étoiles

Line

Elle a quinze ans et elle danse en déséquilibre.

Peau nue, marbrée, chignon serré, elle tourne dans la grande salle entourée de miroirs. Elle sent le regard de Mlle Pedrin posé sur son corps qui a grandi, qui a changé, s'est légèrement épaissi, sur ses seins qui pointent. Toutes ces transformations ont peu à peu modifié sa posture. Mais il n'y a pas que ça. Elle sait bien qu'elle déçoit sa professeure ; elle sait bien qu'elle s'est éloignée, qu'elle n'est plus assez acharnée, plus assez travailleuse.

Car Line s'est mise à aimer autre chose. Rire, s'amuser, flirter. Ils se retrouvent après le lycée, dans des bars, des parcs ou des sous-sols. Ils fument, boivent et dansent. Certains couples se sont formés. Line est plus proche de deux filles et elles s'allongent toutes les trois, côte à côte, parlent des heures en fumant des Menthol. Line n'avait jamais connu ça : cette liberté, cette possibilité de voir les choses différemment, de passer des nuits blanches, des nuits pleines, à refaire le monde. Elle commence tout juste à connaître cette ivresse, et elle ne peut y renoncer.

Mais la danse est exigeante. La danse est un territoire sacré qui ne s'ouvre qu'aux méritants.

Après les cours, Line délace ses chaussons, masse ses pieds endoloris, retire son jupon. Elle enfile un jean déchiré, des bottes, farde ses yeux et sa peau. Cils noirs, charbonneux. Lèvres carmin. Regard cerné et volontaire.

Elle baisse les yeux en passant devant Mlle Pedrin. Elle sent son regard plein de reproches. Et tout à coup explose la colère : de quoi se mêle-t-elle ? En quoi ça la regarde, sa vie ? Ce n'est pas sa mère. Qu'elle aille se faire foutre !

Line quitte l'atelier de danse et la cour pavée, et elle sent l'enfance s'éloigner, de plus en plus. Mais elle n'y pense déjà plus : dans quelques minutes elle aura rejoint sa bande d'amis – ceux avec qui elle se sent devenir elle-même.
Le reste n'a pas d'importance.

5.

Thomas avait passé l'après-midi à corriger des copies tandis que Line allait et venait derrière lui, comme une ombre. Depuis son retour de Tokyo, ses pas ne faisaient plus grincer le parquet. Le périmètre qu'elle occupait semblait se réduire. Sa présence s'amenuisait et il lui arrivait de se demander s'il ne vivait pas avec un fantôme.

Avant, elle aurait jeté un coup d'œil par-dessus l'épaule de Thomas, elle aurait blâmé la paresse de certains élèves, les copies bourrées de fautes d'orthographe, les devoirs à demi faits. Curieuse, elle lui aurait demandé si un passionné, un futur écrivain se cachait dans l'une de ses classes.

Une année, Thomas avait été frappé, tout de suite, par la sensibilité particulière de l'une de ses élèves, par l'élégance de ses mots. Il l'avait encouragée à écrire. Mais elle avait peur, elle pensait être trop jeune, trop immature. Elle disait n'avoir rien vécu de suffisamment sensationnel pour que cela puisse être raconté. Alors Thomas lui avait conseillé de lire *L'Attrape-cœurs*, de plonger dans les errements du jeune Holden Caulfield à New York. La fugue d'un adolescent, ses questionnements, tout pouvait être prétexte à écrire. Thomas avait découvert le livre de J. D. Salinger à quinze ans et s'était identifié à son héros. Il l'avait relu adulte avec le même plaisir et n'hésitait pas à le conseiller à ses élèves. Holden semblait parler à toutes les générations.

Quelques mois plus tard, cette élève était venue le voir à la fin du cours et lui avait timidement remis son premier texte. Il l'avait reçu comme un véritable cadeau.

La nuit était tombée à présent, et Thomas ne distinguait plus nettement la longue faille sur le mur d'en face ; dans l'obscurité, celle-ci prenait différentes formes : un serpent ou une longue traînée d'encre.

Il se tourna vers Line :

« Tu as faim ? »

Elle acquiesça, l'œil brillant, les pupilles dilatées par le manque de sommeil.

Chaque nuit, elle rêvait de Tokyo. Elle se réveillait trempée, essoufflée, mais elle ne racontait rien. Elle disait qu'elle ne se souvenait pas de ses cauchemars. Et c'était vrai : cela commençait chaque fois par la vision de la grande lanterne rouge se balançant dans la brise, à l'entrée du temple. Puis elle entendait le hurlement de la terre. Ensuite, plus rien ne venait. Seulement l'obscurité. Aucune image. Sauf parfois les bruits : dans ses rêves, il lui semblait entendre des coups, et des voix. Des souffles. Puis les bruits s'effaçaient, refluaient dans le noir, quelque part hors de sa conscience.

À son retour, cela avait duré dix nuits. Pendant dix nuits, Line avait combattu ses fantômes, avant de retrouver un sommeil presque normal.

Depuis, ses cauchemars revenaient, dans un va-et-vient mystérieux et éreintant, comme si sa mémoire traumatique cherchait, entre deux crises majeures, des soupapes d'évacuation.

Thomas ouvrit la porte du four pour vérifier la cuisson du poulet.

« Le temps passe et je n'arrive pas à... », dit Line.

Assise à la table du salon, elle soupira, fit tourner le vin au fond de son verre en le dévisageant, cherchant une réaction de sa part.

Il se pencha vers elle, l'embrassa au lieu de lui dire ce qui le traversait. Non, le temps ne filait pas. Chaque jour était important. Chaque jour était essentiel.

Rien ne pressait. Cela ne servait à rien de précipiter les choses, comme cela ne servait à rien de parler de *ça*. Le mieux était encore d'oublier. Le temps était leur meilleur allié.

Il enfila le gant de cuisson et attrapa le plat dans le four. Le poulet était doré, luisant.

« Il a l'air à point ! »

Il fit claquer la porte du four. Elle sursauta, le regarda verser le jus dans un bol. Elle s'était servi un autre verre de vin. Sa langue était violette. Il regarda la bouteille aux trois quarts vide et réalisa qu'elle était déjà ivre.

« J'ai rêvé de Tokyo cette nuit... »

Il aiguisa soigneusement le couteau sur le fusil, feignant de ne pas entendre l'essoufflement dans sa voix – ce premier symptôme annonçant ceux qui suivraient. Tremblements. Palpitations. Sueurs froides. Ses yeux fixes, écarquillés. Sa peau rouge, brûlante.

Ces réactions, imprévisibles, avaient au moins le mérite de sortir Line de la torpeur dans laquelle elle s'enlisait depuis son retour. Calfeutrées dans les recoins sombres de son corps, comme des insectes à l'affût, les angoisses la guettaient, et Thomas redoutait trop souvent que quelque chose survienne et les réveille – une chose anodine, comme le bruit d'un train entrant en gare, les vibrations du métro, les cris de la rue, les claquements du métal les jours de marché. Ces bruits familiers, inoffensifs, semblaient maintenant contenir mille menaces. Dans ces moments-là, lorsque les fauves commençaient à la cerner, Line avait du mal à respirer. Elle devenait elle-même l'une de ces bêtes, l'un de ces fauves, sensible à chaque son que le monde émettait, à ses remugles et au moindre de ses mouvements. La ville était devenue pour elle un terrain de chasse, empli de signaux d'alerte, affolant son cerveau reptilien, réveillant des peurs ancestrales qui sommeillaient en elle.

« Dans mon rêve, je m'effaçais. Comme ça ! Pschitt ! Comme si une sorcière avait décidé de me jeter un sort... »

Le couteau dérapa sur la cuisse du poulet. Thomas pensa à ses absences, qui le terrifiaient, à cette colère que Line provoquait en lui sans qu'elle en ait conscience. Parce que, même lorsqu'elle se trouvait dans ses bras, il avait la sensation qu'elle s'apprêtait à repartir.

« Tu connais l'histoire de Raiponce ? C'est cette fille aux cheveux incroyablement longs enfermée dans une tour depuis sa naissance. Un prince passe par là, elle lance par la fenêtre son immense tresse et le prince s'en empare comme s'il s'agissait d'une corde. Il monte le long de ses cheveux et… Tu m'écoutes, Thomas ?

– Oui, Line, oui je t'écoute. La fille a les cheveux longs et…

– Je crois que j'ai mélangé cette histoire avec mon rêve. C'était à Takeshita Street, cette rue piétonne animée, colorée, où se baladent les jeunes Japonais déguisés en personnages de dessins animés, de mangas ou de jeux vidéo. Le quartier fourmille de boutiques de vêtements et d'accessoires, de fast-foods et de cafés, et il y a ce fameux magasin où tout est à 100 yens. On croise les looks les plus excentriques. J'étais là et, à un moment, j'apercevais une Japonaise avec des cheveux très longs. Au moins aussi longs que la Raiponce du conte. Elle lui ressemblait. Mais c'était une version brune et vulgaire de Raiponce. Elle portait de grandes chaussettes rayées qui lui montaient jusqu'à mi-cuisses, des chaussures à talons compensés et une jupe évasée, très courte, avec des volants dessous. Ses yeux étaient violets et ronds, elle avait dû se faire opérer, les débrider. Je ne pouvais détacher mon regard d'elle. Et puis il y a eu comme un flash. Une lumière aveuglante.

Au même moment, les vitrines des magasins ont été pulvérisées. Une brume a tout envahi. Je ne voyais rien, je ne savais pas où aller, ni où me cacher. Dans mon rêve, j'avançais au hasard, en me servant de mes mains. Puis j'ai aperçu quelque chose par terre. Du sang et... une jambe. Une jambe perdue, là, couverte d'une grande chaussette à rayures... »

Ils sursautèrent tous les deux. Le verre s'était brisé entre les doigts de Line. Elle contemplait sa main qui tremblait, le sang qui commençait à affleurer à la surface de sa peau. Thomas se précipita vers elle avec le torchon, lui disant de mettre ses doigts sous le robinet et, sans un mot, ils regardèrent l'eau couler, mélangée à son sang.

Le lendemain, Thomas passa la matinée à chercher des récits et des témoignages de survivants de catastrophes en tout genre. Il lui fallait comprendre l'effacement, lent, graduel de Line – cette métamorphose qui opérait en elle de manière sourde, mais radicale. À quel moment les êtres s'effaçaient-ils ? À quel moment quittaient-ils réellement l'histoire ? Était-ce simplement une question de présence au monde, de mouvement, de corps ?

Il trouva un article sur ce que l'on nommait dans le jargon médical le *syndrome de Lazare*. Ceux qui se croyaient condamnés et avaient bénéficié d'un sauvetage *in extremis* – rémission, guérison, survie miraculeuse –, ceux-là ressentaient ce fameux syndrome.

Thomas lut le récit de la résurrection de l'homme de Béthanie, Lazare, raconté dans l'Évangile selon Jean :

> *Il y avait un homme malade ; c'était Lazare de Béthanie, le village de Marie et de sa sœur Marthe [...]*
> *Les sœurs envoyèrent dire à Jésus : « Seigneur, celui que tu aimes est malade. » [...]*
> *À son arrivée, Jésus trouva que Lazare était depuis quatre jours déjà dans le tombeau. [...]*
> *C'était une grotte ; une pierre fermait l'entrée. [...]*
> *Jésus dit : « Enlevez la pierre. » Marthe, la sœur du mort, lui dit : « Seigneur, il sent déjà, car il y a quatre jours qu'il est là. » [...]*
> *Jésus cria d'une voix forte : « Lazare, sors ! »*
> *Et le mort sortit, les pieds et les mains attachés par des bandelettes et le visage enveloppé d'un linge.*
> *Jésus leur dit : « Déliez-le, et laissez-le aller. »*

Miracle ultime. Bonheur inespéré. Mais qu'advenait-il de Lazare après sa résurrection ? Qu'advenait-il de ceux qui revenaient d'entre les morts ?

Lorsque Lazare revint à la vie, le monde autour de lui s'était modifié. Son entourage, ses proches s'éloignaient et, à cause de ces bouleversements, il se sentait incapable de reprendre le cours de son existence. Il se trompait. En réalité, c'était lui qui avait changé, lui qui ne comprenait plus le monde dans lequel il vivait.

INSULA

Comme Lazare, l'homme d'avant le miracle s'effaçait.
Celui qui revenait était un autre.

Et elle ? Qui était celle que l'on avait déterrée et ramenée vers la vie huit jours après le séisme de l'*hanami* ?

*

La mémoire usée
Tissu rongé par les mites
Percé de mille trous

Cerveau disjoncté
À recoudre
À rafistoler

Partout le vide
Pensée arrêtée
Rêves morcelés

Line

Elle n'a pas encore seize ans et elle oscille.

Elle oscille entre l'enfance et autre chose, un territoire nouveau – c'est plus qu'un territoire, c'est tout un monde dans lequel elle a basculé, un monde dont elle ne maîtrise pas encore les codes, où la liberté s'apprend, où les corps frémissent, où se ressentent tout à coup cette urgence de vivre et cette honte de l'enfance qui continue de coller à la peau.
En Line le désir monte, puissant, indomptable, et il y a cette colère aussi, qui gronde. Line tempête contre tout, contre tous, mais surtout contre les empêcheurs de liberté. Ses parents. Les professeurs. Mlle Pedrin.

Lorsqu'elle danse la nuit, dans les appartements, les caves ou les bars où ils se retrouvent, avec ses amis et d'autres jeunes qu'elle ne connaît pas, qui viennent traîner là, c'est une autre danse, plus sauvage, plus primitive. Ils bougent, s'agitent, dans l'atmosphère irrespirable de pièces confinées où les respirations se mêlent. Ce sont de vraies fêtes, des danses paillardes, faites de corps qui jubilent, de chants et de cris que Line n'entend plus parce que son propre souffle est alors plus puissant que tout.

Elle aime cette danse animale. Son corps se déchaîne au rythme des basses, soudain libéré des contraintes, de la rigueur et des pointes. Il lui semble alors qu'en dansant elle règle des comptes et expulse tout ce qui l'envahit, tout ce qui la déstabilise – un trop-plein d'énergie, un trop-plein de désirs.

La nuit, la danse prend des allures de combat.

La nuit, Line devient guerrière.

Elle n'a pas encore seize ans, et elle pense être invincible.

6.

Il regarda Line préparer soigneusement ses vêtements la veille : la veste et la jupe bleu marine, le chemisier blanc, le foulard aux couleurs de la Compagnie. Elle repassa le chemisier, puis cira ses escarpins. Ce cérémonial rappela à Thomas les rentrées des classes de son enfance.

« Tu es sûre ? »

Elle souffla et il réalisa qu'il était le plus nerveux des deux à l'idée qu'elle reprenne le travail. Line allait retrouver le monde, quitter les murs protecteurs de leur appartement. Qu'est-ce qui l'attendait dehors ? Il se raisonna : elle allait mieux. Elle était *apte*.

Elle se rendrait à l'aéroport chaque matin, se cantonnerait aux comptoirs d'embarquement, vérifierait les identités et procéderait à l'enregistrement des bagages. C'était un travail administratif, ennuyeux à mourir pour elle qui n'avait pas l'habitude de rester immobile et de se plier à des horaires réguliers, mais reprendre les vols n'était pas envisageable pour le moment.

Lorsqu'elle apparut devant lui vêtue de son costume, maquillée, le chignon serré, il eut l'impression d'enfin la retrouver. La Line d'avant était de retour, elle reprenait sa place tandis que l'autre, telle une ombre parasite, commençait à s'effacer.

Il sentit la pression douloureuse dans son ventre, intestins et organes, tout ce monde intérieur se crispait, mais il fit bonne figure.

Elle regarda l'assiette posée sur le bar, but le thé et s'excusa. Elle n'avait pas faim.

À ce soir, mon amour.

Il l'embrassa, posa une main sur sa hanche, là où, sous le tissu, s'épanouissait le lierre sauvage. Dans sa poitrine, l'étau se resserra encore.

La porte claqua derrière elle.

Thomas soupira devant le petit déjeuner qu'elle n'avait pas touché, mangea les œufs et laissa le reste. Lui non plus n'avait pas faim.

Ses pensées commencèrent à tourner, à s'emballer lentement. Son esprit s'échauffait. Tandis qu'il mettait en route la cafetière, qu'il allumait son ordinateur et attendait que les dernières mises à jour se fassent, il l'imagina. Il la suivit dans l'air vif du matin.

Line descendit le boulevard de Reuilly. Elle s'engouffra dans l'une des rames de la ligne 6. L'homme à côté d'elle la dévisagea, elle ignora son regard posé sur elle et resserra le col de sa veste. Elle compta le nombre des stations affichées sur la ligne au-dessus des portes du métro. Oublia la brûlure acide dans son ventre.

À Denfert-Rochereau, Line rejoignit le quai du RER B. Elle attendit plusieurs minutes en évitant de regarder le tunnel noir à sa gauche qui bientôt l'entraînerait plus bas sous terre.

Le RER entra en station. Poussée par la foule des voyageurs, elle s'engouffra dans le wagon. La sonnerie annonçant la fermeture des portes retentit. Elle aperçut une place assise, se faufila entre des genoux pour l'atteindre et se laissa tomber sur le siège, en sueur.

Elle sortit son téléphone de son sac et lut le message que Thomas venait de lui envoyer. Puis elle ferma les yeux. Elle avait le temps jusqu'au terminus, Aéroport Charles-de-Gaulle.

Bientôt le noir des tunnels laisserait la place aux paysages de banlieue. Les tours défileraient, les lignes de chemin de fer se croiseraient comme les traînées blanches des avions en vol. Elle pensa à une côte sauvage, à des plages rocailleuses et des marées imposantes. Elle eut la vision fugitive d'une île émergeant d'un océan écrasant. Une île aux terres odorantes où couraient de longues fissures. Où les eaux opaques des bassins cachaient une multitude de poissons plats. Depuis quelques jours, elle s'était remise à rêver. Et elle gardait de ses songes des images fugaces. Elle rêvait de la mer et d'une maison brune. À son réveil des mots envahissaient son esprit, mais elle n'arrivait pas à les saisir. Dans la nuit, elle courait après eux et repoussait le sommeil. Elle voulait comprendre d'où venaient ces mots, ces images. Mais sa mémoire était une fillette capricieuse. Une lâche.

Les wagons crissèrent sur les rails. Line ouvrit les yeux. Elle plongea dans l'obscurité du tunnel tandis que le RER continuait d'émettre son long sifflement. Son corps fut secoué par les soubresauts du wagon.

Alors elle sentit la vague remonter en elle, serrer sa gorge. Line scanna rapidement les visages des autres voyageurs – la plupart somnolant ou penchés sur leurs téléphones. Son regard s'attarda sur un homme debout dans l'allée. Son attention se focalisa sur lui. À partir de là, elle ne put ralentir le flot de ses pensées. En elle la machine s'emballa :

C'était un fou. Un fou qui passait par là. À l'intérieur de son blouson, dans sa main, un couteau, plaqué contre sa poitrine. Les autres ne le voyaient pas. Ils n'étaient pas assez méfiants, ces inconscients, plongés dans leurs écrans, leurs livres.

Line suffoqua. Son cœur lui faisait mal, il bataillait dans sa poitrine. Des images se mirent à défiler devant ses yeux. Elle ne pouvait rien faire contre ça. Son esprit échafaudait les pires scénarii, tout droit sortis des événements ayant fragilisé leur quotidien ces dernières années. Un quotidien habité de manière sournoise par la peur.

Elle tenta de faire taire la voix dans sa tête, pernicieuse, qui lui chuchotait de son accent grave les pires choses, se taisant un court instant, lui laissant le temps d'une respiration avant de revenir, plus redoutable. Ces derniers temps, cette voix lui susurrait tout ce à quoi ils avaient échappé et échapperaient peut-être encore, leur monde qui se déréglait et menaçait de les anéantir – fanatiques, fous armés, terres en furie et océans qui gonflent.

Line anticipa tout à coup une déflagration, une lumière vive, aveuglante, des tirs et des cris. Elle visualisa les corps piétinés, la panique, les téléphones se mettant à vibrer, à sonner dans la rame où fumée et sang se mélangeraient, continuant de résonner, harcelant les corps morts et les autres, les vivants, figés chacun dans leur terreur.

Elle se leva, poussa ses voisins et réussit à s'extraire de la rame juste avant que les portes se referment. Elle courut le long du quai, dans les couloirs, grimpa l'escalator jusqu'à l'air libre. Les passants regardèrent, étonnés, cette hôtesse de l'air au chignon défait, suffocante dans la lumière du matin, cherchant quelque chose qu'elle semblait incapable de trouver. À cause des ruisseaux noirs qui coulaient le long de ses joues, de la laque rouge sur ses lèvres, certains imaginèrent un rendez-vous manqué, une histoire d'amour ayant mal tourné. Paris n'était-elle pas la ville des amants ?

Thomas vérifia l'écran de son téléphone, hésita, pianota un nouveau message.

Il attendit, se leva, tourna en rond dans l'appartement,
déverrouilla à nouveau son téléphone. Pas de réponse.
Il devait cesser de s'inquiéter pour elle.
Tout allait bien. Leur vie reprenait un cours normal.
Il prit sa sacoche et partit pour le collège.

*

Le stress
Du grec *stringo*
Étreindre serrer resserrer

Fièvre
Ventre qui se tord
Cœur en apnée

Peur omniprésente
Bruyante
Jamais assouvie

Les monstres guettent
Et le corps tout entier
Hurle

Line

Elle a seize ans et son monde vacille.

Line danse le jour dans le cours de Mlle Pedrin et s'enivre la nuit, se transformant, prenant différents visages au gré des heures et peinant à choisir celui qui lui convient le mieux.

Il y a ce garçon, ce garçon moqueur aux boucles blondes – des boucles lisses, souples, ressemblant à celles des anges sur les peintures religieuses –, au visage maigre et au regard incisif, mauvais parfois – une lame –, qui lui coupe la respiration, fait flamber ses joues et son ventre lorsqu'il s'approche d'elle, lui donne envie de mourir lorsqu'il s'éloigne. Elle est amoureuse. Folle amoureuse de ce presque-homme un peu plus âgé qu'elle – un an à peine. Elle ne sait pas si elle l'aime plus que la danse, mais de lui non plus, elle ne peut se passer.

Il est son premier amour. Le premier à la déshabiller. Le premier à lui faire l'amour. Il sait faire ça. Il sait jouer avec son corps.

Une nuit, il lui dit de monter derrière lui, sur sa moto, tandis que le monde tangue autour d'eux. Line n'hésite pas. Elle se colle contre lui et, lorsqu'il démarre, c'est comme la danse, c'est comme le sexe, c'est un envol. Ses cuisses serrées contre les hanches du garçon, ses bras refermés autour de son torse, elle sent les mouvements de sa respiration, ses manœuvres sur la poignée d'accélération, et jusque dans sa nuque montent les vibrations du moteur. Il mène la danse et elle se laisse porter, totalement. Elle quitte le sol.

Ils ont seize et dix-sept ans, ils sont ivres et la route est tortueuse.
Elle ne voit pas la vague qui se dresse devant elle, prête à l'engloutir.
Elle ne sait pas que son enfance va se déchirer là.

Les virages se succèdent. La moto penche d'un côté, puis de l'autre, comme un pendule. Plus vite. Toujours plus vite. Il accélère encore et rate son coup.
La moto s'encastre contre un arbre. Lors du choc, elle est éjectée à plusieurs mètres de l'impact.
On la retrouvera dans le fossé longeant la route.

7.

Thomas demanda Line en mariage deux mois après le tremblement de terre.

À Paris, la chaleur était moite, ponctuée d'orages et d'averses soudaines. On annonçait un été caniculaire.

À Tokyo, on continuait de dénombrer les morts. Les recherches pour retrouver des survivants avaient depuis longtemps cessé.

Le nombre des victimes avait continué de s'alourdir, chaque jour, pendant des semaines. Il avait fallu les soustraire au nombre effroyable des disparus.

Une question hantait Line : qui parlerait d'eux ? Qui raconterait les disparus de Tokyo ? Ceux-là, qui n'étaient ni morts ni vivants. Qui se situaient quelque part, dans une zone indéfinie. Un endroit où tout était encore possible. Les pleurer aurait été une démission, une trahison. Les larmes auraient signifié que l'on rendait les armes, que les disparus ne reviendraient pas.

Alors on ne les pleurait pas, ou seulement la nuit, dans

les chambres solitaires. On attendait, et le travail de l'oubli lentement se mettait en place.

L'anonymat, l'avalanche et le vacarme médiatique finirent par aboutir à un effacement de grande ampleur. Il n'y eut pas d'images, ni de mots sur les disparus de Tokyo. Pas d'histoires. Seulement quelques noms chuchotés au détour des rues, et des bougies. Des milliers de bougies qui partout brûlèrent pendant des semaines. Dans les temples, les lieux de méditation, sur les trottoirs, dans les maisons. Des flammes fragiles, tremblant au contact des courants d'air, sur lesquelles il fallait veiller, au risque qu'elles s'éteignent et laissent définitivement s'échapper les âmes qu'elles contenaient.

Ce serait un mariage rapide, intime : juste les mariés et leurs témoins dans une salle de la mairie du XIIe arrondissement. Un mariage secret, comme un pacte de sang, une alliance confidentielle. Un jalon de plus les ancrant dans leur propre vie.

La veille du mariage, Line remonta les quais de Seine jusqu'à l'île Saint-Louis. La proximité de l'eau l'apaisait. Elle s'arrêta sur le pont Marie et observa le manège des mouettes au-dessus de la Seine. Puis elle longea les rues. En passant devant l'église Saint-Louis-en-l'Île, elle leva la tête pour observer sa façade. Au-dessus de la porte, deux anges de pierre se faisaient face. Elle contempla leurs corps dodus et ressentit le besoin impérieux d'entrer. Elle poussa la lourde porte de bois.

Line n'avait pas mis les pieds dans une église depuis des années. Elle s'avança dans l'une des contre-allées et écouta l'écho de ses propres pas sous les voûtes. Elle s'arrêta devant la statue de la Vierge et glissa des pièces dans l'urne qui se trouvait à côté. Elle prit un cierge, l'alluma et s'assit sur l'un des bancs de bois. Fixant la flamme, elle attendit, incapable de formuler un vœu. D'autres personnes firent à leur tour les mêmes gestes qu'elle, s'inclinèrent devant la statue de la Vierge en faisant le signe de croix et prièrent.

Line ferma les yeux. Une sensation lointaine remonta. Elle essaya vainement de saisir cette impression ancienne qui lui serrait le ventre, d'attraper les images qui affleuraient à la surface de sa conscience.

Elle revit alors la chambre d'hôpital, les visages de ses parents penchés au-dessus d'elle – elle avait seize ans, mais restait leur petite fille –, le teint pâle de sa mère. Si pâle entre les murs blancs de la chambre. Elle retrouva les mots que cette mère avait prononcés en lui caressant les cheveux, tandis que la douleur se réveillait dans son corps, sur tout le côté gauche, le long de sa hanche, de sa cuisse et de son genou. Puis ses parents avaient quitté la chambre, la laissant abasourdie, démunie. Un pieu enfoncé dans son cœur. La fin de son monde.

Sous les voûtes de l'église, au milieu des murmures, des grincements des bancs et des prières susurrées, Line renoua avec cette douleur ancienne, qu'elle pensait révolue et qui ressurgissait à présent, si vive encore.

Puis il y eut un bruit sec. Une porte claqua et Line sentit un courant d'air froid passer sur sa nuque. Elle sursauta et quitta précipitamment l'église.

On était à la fin du mois de juin. L'air était chaud, mais Line frissonnait. Sur sa robe blanche, elle portait un châle vert. Elle avait repris du poids, retrouvé des formes, assez de chair pour que celle-ci recouvre les traces de Tokyo. Sa poitrine gonflait joliment la soie de la robe. Elle avait détaché ses cheveux et une fleur retenait une mèche, sur le côté. Thomas portait une veste, un jean neuf et sa plus belle paire de chaussures – celle qui prenait la poussière depuis des années, attendant une occasion spéciale.

Il ne portait pas ses lunettes. Bêtement, Thomas les avait écrasées la veille de leur mariage en marchant dessus. Avant, il aurait pesté si une telle chose était arrivée, mais là, il rit. Il rit parce que Line avait survécu à Tokyo et que dorénavant rien d'autre n'avait d'importance.

Il était devenu myope l'année de ses vingt-quatre ans. Ses yeux s'étaient peut-être naturellement fatigués à force d'engloutir des livres. Pendant ses études, il avait été un lecteur compulsif, aux goûts éclectiques. Lorsqu'il découvrait un auteur qu'il aimait, il dévorait toute son œuvre. Étudiant fauché, il avait hanté la bibliothèque de son quartier, mais il aimait posséder ses livres préférés, pour les relire, les annoter. Dans le salon, s'amoncelaient ainsi en piles désordonnées les ouvrages écornés et griffonnés de Milan Kundera, son premier grand coup de foudre littéraire.

Les œuvres de Maupassant et des sœurs Brontë côtoyaient l'univers noir de Joyce Carol Oates, ou celui, fourmillant et coloré, de *Cent Ans de solitude*. Et il y avait les livres des programmes scolaires, les classiques, qu'il essayait de rendre accessibles et vivants en les lisant à voix haute devant ses classes, en les théâtralisant. Il voulait avant tout transmettre à ses élèves l'amour de la littérature.

Ses yeux avaient ainsi pris cette déformation spéciale qu'ont la plupart des yeux des myopes – un globe oculaire trop long. Sa myopie s'étant installée tardivement, il ne l'avait pas détectée tout de suite et il avait connu quelques mois de flottement pendant lesquels les contours du monde s'étaient peu à peu dissous. Un peu comme si un retoucheur avait plaqué un effet progressif sur chaque objet. Ce lent phénomène avait bien sûr eu quelques inconvénients, comme la difficulté à lire les panneaux et à s'orienter, mais le souvenir qu'il gardait de cette période était celui d'une transition douce. Voir les choses avec moins d'acuité l'avait apaisé. Les formes s'étaient arrondies, perdant leurs angles durs. Les traits des visages avaient fondu et gagné en tendresse.

Il lui arrivait encore quelquefois de retirer ses lunettes et d'attendre que la gêne immédiate s'atténue, que ses yeux cessent de larmoyer. Alors Thomas retrouvait provisoirement sa zone de confort.

C'est comme ça qu'ils se marièrent. Les yeux plissés de Thomas cherchant Line. Elle se tenait devant lui comme si elle était cachée derrière un voile. Son regard, sa bouche, la cicatrice sur son menton, l'une de ses dents légèrement de travers, ses oreilles nues, qu'elle n'avait jamais osé percer à cause d'un grain de beauté au milieu de son lobe gauche... Il pouvait deviner chacune de ces singularités parce qu'il les connaissait. Mais il ne les voyait pas réellement. Et il pensa tout à coup que ces détails minuscules étaient essentiels. Comme étaient essentielles toutes les choses ordinaires qui faisaient partie de leur vie à deux – les piles de livres effondrées de chaque côté du lit, les herbes fraîches dans la cuisine, les parfums de leurs vêtements. Il lui fallait graver tout cela dans sa mémoire. Garder ces images et ces parfums en lui, comme des trésors qu'il pourrait convoquer à tout moment.

Il vit donc sa bouche, ses yeux, sa peau, la fleur dans ses cheveux. Il devina les mouvements de la liane, du lierre et de l'eau sous sa robe parce qu'il les connaissait.

Ce qu'il ne vit pas, ce furent les marbrures sur sa peau, la veine battant à son cou, ses dents mordillant ses lèvres sèches, le léger tremblement de son menton, la crispation de ses épaules, et surtout son regard. Il ne vit pas tout ce qui passait dans ce regard : l'expression d'étonnement qui persistait, embrassant à la fois la stupeur, l'effroi, la colère et la peur. Un regard de proie.

Lorsque Thomas glissa l'alliance à son doigt, il eut le sentiment que rien désormais ne pourrait les atteindre. En scellant leur destin, ils seraient désormais protégés de tout.

LA MIRACULÉE

*

Corps bavard
Capricieux
Ultrasensible

Sous la peau
Les souvenirs
Enfouis

Dans la chair
Les années
À reculons

Line

Elle a seize ans et elle repose sous des draps blancs.

Line n'est pas morte la nuit de l'accident, mais lorsqu'elle se réveille, elle pense l'être.
À cause de la blancheur crasse de la chambre d'hôpital et des visages de cire penchés au-dessus d'elle.
À cause de la voix étrange de sa mère lorsque celle-ci lui dit pour son genou. *Tu ne danseras plus, ma toute petite.*
À cause des traces, hideuses, qui remontent le long de sa cuisse – Line devine déjà leur laideur sous le bandage.
À cause des heures flottantes que cette nuit-là laissera derrière elle. Longues heures, immobiles, qui la maintiendront arrimée au sol.

Line a seize ans et hier elle dansait. Son visage enfantin, l'odeur des vestiaires, son corps s'envolant dans des pièces entourées de miroirs, tout cela a été anéanti lors du choc. Ces choses-là, aussi familières que le lever du soleil, aussi nécessaires que l'eau ou la nourriture ont disparu, en même temps que l'enfance. Elle aura beau les appeler chaque matin, les réclamer, elle ne les retrouvera plus.

Reste la douleur.
Reste le silence.
Ce très long silence, ce mutisme têtu, qui lui permet de ne pas poser la question la plus affolante, la plus effrayante : et le garçon ? Qu'est devenu le garçon ?

8.

Trente ans, ça se fête, Line ! Thomas avait insisté.
Ils étaient une vingtaine à être venus. Leurs amis proches, leurs familles.
Elle se tenait devant son gâteau d'anniversaire, posé sur l'une des tables du bar où il avait réservé pour l'occasion. Elle venait de souffler ses bougies dans la petite salle du premier étage. Thomas s'accrochait à son visage, à ses longs cheveux raides coulant sur sa robe verte, cachant ses clavicules saillantes.

En rentrant de Tokyo, elle avait continué de maigrir, elle avait le teint jaune et vomissait tout ce que son corps voulait bien ingurgiter. Et puis, après deux semaines, les nausées s'étaient brusquement arrêtées. Un beau matin elle s'était réveillée et elle avait mangé. Depuis son corps retrouvait lentement certains contours.
Line remercia leurs amis d'être venus. Elle semblait sereine, là, avec ce sourire qui revenait, l'ancrait chaque

jour davantage sur terre. Lui seul savait qu'elle détestait ça. Ce moment. Il devinait les minuscules gouttes de sueur perler au-dessus de sa lèvre supérieure, son cœur battre comme un oiseau affolé sous le tissu vert.

« Alors trinquons au moment présent ! » avait-elle lancé en levant sa coupe de champagne.

Les verres avaient tinté. Elle avait tenu quelques minutes encore, debout, appuyée contre la rampe de l'escalier qui menait au rez-de-chaussée du restaurant. Elle s'agrippait à cette rampe comme à son unique porte de sortie.

Elle avait fait signe à Thomas. Il avait ignoré son regard brillant, fiévreux, parce que ce moment devait être parfait. Parce qu'ils étaient là pour fêter son passage vers une autre décennie et oublier tout le reste. Parce qu'ils avaient trente ans et que cette soirée ferait partie des souvenirs heureux de leurs nuits parisiennes.

« Je reviens », avait-elle articulé de loin, en remuant les lèvres.

Dans sa robe de fête, Line s'était éclipsée, telle une magicienne. Il n'avait pas tardé à la rejoindre sur le trottoir. Elle l'attendait, une cigarette à la main. Elle était fatiguée, elle voulait rentrer. Vraiment, cette fête avait été grandiose et plus que tout, elle souhaitait que Thomas en profite encore. Qu'il profite de leurs amis. De ce lieu et de ce moment. Il saluerait tout le monde de sa part. Ce n'était qu'un au revoir.

Line avait fait signe à un taxi. Thomas avait lutté contre l'envie de monter avec elle, cherchant sur son visage les signes avant-coureurs, sondant dans son souffle le sifflement, la difficulté soudaine à respirer qui lui était devenue si familière ces derniers temps. Mais Line s'était écroulée sur la banquette arrière en l'embrassant d'un geste de la main. « À tout à l'heure, mon amour ! » avait-elle lancé par la fenêtre entrouverte.

Lorsqu'il rentra chez eux un peu plus tard, Line n'était pas là. Il l'appela, fit rapidement le tour de l'appartement. Il se surprit à ouvrir les placards, à pousser cintres et vêtements, et même à écarter le rideau de douche. Pensait-il vraiment la trouver là, nue dans la baignoire ou recroquevillée sur le sol, comme une enfant qui se cache pour jouer ou pour échapper aux monstres ? Il composa son numéro plusieurs fois, mais tomba invariablement sur son répondeur. Il appela le bar. Peut-être avait-elle changé d'avis, peut-être avait-elle fait demi-tour. Il n'osa pas appeler sa famille, leurs amis, par peur de les alerter. Il préféra attendre. Leur donner quelques minutes encore.

Dehors la pluie s'était mise à tomber. Il regarda les gouttes marteler les fenêtres tandis que la panique le gagnait. Il passait en revue ce qu'il allait faire dans les prochaines heures : appeler les urgences, le commissariat, ses parents, aller frapper chez les voisins, sortir dans la nuit, chercher. Il pensait à tout ça, mais son corps refusait de bouger. Il fixait la fenêtre et une seule image lui venait à l'esprit : Line, habillée de sa longue robe verte, déambulant dans les rues désertes, s'éloignant, mangée par l'obscurité, par l'eau noire de la Seine, quittant la rive où lui se trouvait.

Il entendit d'abord son rire, puis trois coups nets, tranchant le silence de l'appartement. Il se précipita vers la porte et l'ouvrit ; un courant d'air humide le traversa. Line entra en trombe, trempée. En retirant sa robe, elle n'arrêtait pas de parler et il ne comprit pas un traître mot de ce qu'elle racontait. Quelques images seulement émergeaient de son discours décousu – la terre, leur abri. Nue dans l'entrée, Line s'égosillait devant Thomas, comme s'il n'était pas là.

Il sentit la colère monter.

« Bon sang ! Line ! Où tu étais ? »

Le volume de sa voix les surprit autant l'un que l'autre. Elle sursauta en levant vers lui son visage défait – joues creuses et lèvres violettes, cheveux mouillés et emmêlés. Dans la pénombre, sa pâleur était plus frappante encore.

« Où tu étais, putain ? » répéta-t-il plus bas, les dents serrées.

Elle haussa les sourcils avec une expression de surprise.

« Il fait noir ici ! Qu'est-ce que tu faisais, Thomas ? »

Elle passa devant lui avec un regard qu'il ne sut déchiffrer – c'est seulement là qu'il remarqua sa démarche titubante. Il sursauta lorsqu'elle alluma les lumières de l'entrée, de la cuisine, puis du salon. Leur clarté l'éblouit. Il cligna des yeux et il lui sembla qu'en même temps que les pièces reprenaient vie il se réveillait, lui aussi.

« Il est quatre heures, Line. »

Elle s'enferma dans la salle de bains tandis qu'épuisé il allait se coucher. Il resta allongé, dans leur chambre, à l'écouter gémir et faire couler l'eau un long moment.

Il eut chaud tout à coup, repoussa les draps en pensant à celle qui déambulait, il n'y avait pas si longtemps, dans les rues de Paris, écumant les vide-greniers. Elle aimait les vieux objets – bijoux anciens ou broches de grands-mères. Elle qui voyageait partout préférait acheter des vieilleries aux tons passés ou feuilleter les livres jaunis des bouquinistes des quais de Seine. Peut-être parce qu'ils avaient appartenu à quelqu'un avant elle et étaient porteurs d'une histoire, d'une odeur.

Il réalisa que plus rien ne reliait Line à cette femme-là. L'espace d'un instant, Thomas se demanda s'il ne l'avait pas perdue au détour d'une rue, près de la Seine. Si celle qui vomissait maintenant tripes et boyaux au milieu de la nuit – échevelée, yeux charbonneux ruisselant leurs rivières noires, haleine chargée d'alcool – était bien Line. Peut-être y avait-il eu méprise à un moment qui lui aurait échappé. À son insu, une autre Line – plus farouche, à fleur de peau, en retrait du monde – aurait pris sa place. Peut-être était-ce une autre qui était *rentrée*. Une inconnue.

Dans la chambre noire, traversée par un faible rayon de lune, il ne dit rien lorsqu'elle vint se coucher à côté de lui.

Il attrapa sa main, mais elle la retira.

« Il faut vivre, Thomas, dit sa voix ensommeillée. Il faut remonter les heures… Avant qu'elles ne s'échappent.

Il faut rattraper le temps perdu. C'est trop tard pour elle, tu comprends ? Trop tard. »

Il aurait tant aimé lui demander pourquoi et l'écouter lui répondre quelque chose, un secret qu'elle lui aurait livré au cœur de la nuit, confiante, retrouvant tout à coup ses bras, et il l'aurait laissée approcher, lentement, sans la brusquer, comme il l'aurait fait avec un animal sauvage.

Les yeux grands ouverts, fixant l'obscurité, Thomas se remémorait les mots de Line. Ceux qu'elle venait de lâcher, ivre, dans la nuit.

C'est trop tard pour elle.

Il les répétait, essayant de les déchiffrer, d'y trouver un sens, une réponse qui se dérobait à mesure qu'il tentait de la saisir.

*

Pensée vaine
Dissoute
Annihilée

Ciel trouble
Nébuleux
Envahi par la brume

À l'horizon
Une lueur
Un phare

Line

Elle a dix-huit ans et son corps est un paysage.

Sous ses vêtements, une vaste étendue de peau et d'encre, un mélange de couleurs et de formes. C'est un tableau mouvant mêlant herbes, plantes grimpantes et eau.

Le lierre sauvage sur sa hanche, la vague sur son ventre, qui ondule, la longue liane dans son dos, prenant naissance juste au-dessus de ses fesses et s'étendant jusqu'à ses omoplates.
En eux Line s'incarne. Ils racontent ce qu'elle chérit et ce qui la dévaste.

La première fois qu'elle a tatoué son corps, c'était un geste de réparation. De rage et de guérison. Elle a choisi un lierre pour ce qu'il évoque de solidité et d'entêtement sauvage : le lierre grimpant s'accroche à sa prise ou meurt.

Elle l'a placé en haut de sa cuisse pour attirer l'œil à cet endroit précis. Pour l'empêcher de descendre plus bas, sur la chair labourée de cicatrices. Pour oublier l'accident et la tôle froissée, brûlante, contre sa peau. Pour oublier la danse et le garçon blond.

Dans son dos, monte la longue liane qu'elle ne voit jamais, sauf lorsqu'elle la cherche, lorsqu'elle se tourne face à un miroir. La tige souple, qui s'enroule le long de sa colonne vertébrale, lui rappelle les mouvements des corps qui valsent, leurs élans et leurs courbes libres, aériennes.

Line a dix-huit ans et elle ne parle plus de la danse. Jamais. Elle le fait peut-être une fois, au détour d'une discussion, en secouant la tête avec une moue méprisante et un geste expéditif de la main. Elle dit : lorsque j'étais gamine, je voulais devenir danseuse étoile !
Puis elle se tait.
C'est là, dans ses silences, que se trouve son cœur battant. Derrière ses lèvres fermées et sur sa peau peinte de mille petits cris.

9.

Pendant la Seconde Guerre mondiale, au Japon, on racontait que les âmes des soldats morts au combat se réincarnaient en fleurs de cerisier. Au printemps, les fleurs poussaient par milliers, comme autant de présences fantômes.

Quatre-vingts ans plus tard, dans la région de Tokyo, le séisme de l'*hanami* raviva ces croyances. Au cœur de la ville ravagée et dans tout le Japon, au fil des semaines, des histoires commencèrent à émerger.

On raconta que, lors du séisme, une pluie de pétales avait recouvert Tokyo. Les secousses avaient eu lieu pendant la pleine floraison des cerisiers. Lorsque la terre trembla, que les sols se fragmentèrent, se déchirèrent comme des nappes de papier, les fleurs furent arrachées et soulevées par le vent, retombant en milliers de corolles roses et blanches sur la ville, se mêlant à la poussière et aux gravats.

Certains affirmèrent que cette pluie de fleurs était une pure invention, d'autres prétendirent l'avoir vue, avoir retrouvé plus tard des pétales pris dans leurs vêtements ou leurs cheveux. Avoir contemplé au milieu du chaos les chevelures noires des Japonaises se couvrir de fleurs, comme des laques sur lesquelles auraient été peints mille motifs de *sakura*.

Tous avaient besoin d'entendre ces histoires parce que ainsi ils savaient que leurs dieux ne les avaient pas totalement abandonnés.

Line aussi voulait se laisser bercer par ces récits. Elle aussi cherchait une autre lecture du monde.

Pendant que les Tokyoïtes continuaient de se réveiller groggy chaque matin, cherchant dans les légendes ce qui pourrait les sauver, lentement elle quittait ce qu'avait été sa vie – leur vie – jusqu'à maintenant.

Elle dormait peu et mal. Lorsqu'elle n'était pas excitée par les effets de l'alcool, une torpeur l'envahissait. Celle-ci semblait s'accrocher à sa peau, la faisant plier sous son poids mort. Quand Line n'était pas à l'aéroport, elle restait allongée au lit ou sur le canapé, souvent avec un livre ouvert. Elle se rongeait les ongles, s'arrachait des morceaux de peau, attendant que la petite douleur rappelle une autre douleur.

Un dimanche matin, elle demanda à Thomas de lui lire un passage du livre qu'elle avait dans les mains, *Rebecca*. Elle avait lu, adolescente, ce classique de Daphné Du Maurier et éprouvait le besoin de s'y replonger.

Il avait remarqué que le marque-page ne bougeait pas depuis des jours, toujours glissé au même endroit, au milieu du livre. Line semblait oublier de tourner les pages.

Cette incapacité à se concentrer n'avait rien d'exceptionnel, se répétait Thomas. Après ce qu'elle avait vécu – la faim, la soif, la peur, les secousses, l'hystérie –, il fallait que son corps et son mental se réparent. Il continuait de croire au pouvoir de l'oubli et attendait que celui-ci fasse son travail. Seul l'oubli pourrait effacer les séquelles du séisme.

Il s'assit sur le canapé à côté d'elle. Line posa sa tête sur ses cuisses et ferma les yeux. Elle voulait entendre ce passage sur le bruit des fantômes, sur l'intensité de leur présence. Thomas prit le livre et lut.

[Rebecca] était toujours dans la maison, comme l'avait dit Mrs Danvers, elle était dans cette chambre de l'aile ouest, elle était dans la bibliothèque, dans le boudoir, dans la galerie au-dessus du vestibule. Même dans le petit local aux fleurs, où pendait encore son imperméable. Et dans le jardin, et dans les bois, et là-bas dans le cottage en pierre sur la plage. Ses pas résonnaient dans les couloirs, son parfum subsistait dans l'escalier. Les domestiques obéissaient encore à ses ordres, les plats que nous mangions étaient ceux qu'elle aimait. Ses fleurs préférées emplissaient les pièces. [...] Rebecca était toujours la maîtresse de Manderley. Rebecca était toujours Mme de Winter. Je n'avais absolument rien à faire ici.

Line frissonna. Dans la chaleur étouffante de l'appartement elle resserra autour d'elle la grande étole qu'elle ne quittait pas. Thomas imagina sa chair-toile se flétrir lentement sous ses vêtements, la longue liane se rétracter dans son dos, le lierre sauvage s'assécher en haut de sa cuisse, se décoller de la peau blanche qu'il enserrait. Il lui semblait que le corps de Line devenait peu à peu une plante assoiffée d'air et de lumière.

Un samedi matin, ils sortirent dans le Paris désert du mois d'août et flânèrent le long des allées du parc de Bercy. Ils s'arrêtèrent un moment devant l'un des bassins. Un grand héron cendré se tenait là, immobile, au milieu de l'eau. Son corps maigre, statufié, ressemblait à celui d'un vieillard – les hérons sont ainsi, tour à tour chétifs ou majestueux. Autour de lui, sous l'eau, s'agitaient les silhouettes agiles, rapides, de dizaines de poissons. L'oiseau ne semblait pas s'en préoccuper. Puis, soudain, il piqua son long bec dans l'eau et en sortit un poisson rouge qu'il goba presque aussitôt. Son long cou maigre se déforma au passage de la nourriture encore vivante. Line et Thomas restèrent abasourdis par sa prouesse. Ils attendirent au bord du bassin que le héron recommence son manège, qu'il saisisse une autre proie.

Puis ils trouvèrent un banc. Line s'allongea, posa sa tête sur les cuisses de Thomas. Elle ferma les yeux et un sourire se dessina sur ses lèvres, éclaira son visage pâle.

« Les cormorans pêchent aussi de cette manière », dit-elle, les yeux toujours fermés, comme si elle cherchait derrière ses paupières la silhouette d'un grand cormoran noir.

« Ils plongent à des profondeurs incroyables. Ils sont si agiles que les hommes les domestiquent et les utilisent pour pêcher.

– Je ne savais pas », répondit Thomas en observant un vieillard lancer des morceaux de pain dans le bassin, déclenchant l'arrivée en meute des canards.

Un cri brisa la tranquillité des lieux. Line sursauta, se releva et chercha autour d'eux d'où venait cette voix.

« Ce n'est rien, Line ! Ce sont deux gamines ! »

Thomas lui montra du doigt les silhouettes des deux adolescentes. L'une, blonde, grande, traversait l'allée en courant pour rejoindre sa copine, allongée sur l'herbe. Line mit sa main en visière sur son front et observa la jeune fille qui lisait, peau pâle, yeux bridés et cheveux noirs, un début d'acné lui mangeant le menton, corps gracile dans un jean déchiré et une brassière blanche.

« Tu m'entends, Line ? »

Elle ne l'entendait pas. Tout à coup Line n'avait aucune envie d'entendre Thomas. Elle se concentrait sur la jeune fille couchée à plat ventre sur l'herbe, écouteurs sur les oreilles, penchée sur un livre. L'une de ses jambes se balançait de bas en haut, faisait danser sa ballerine.

Thomas entendit nettement le souffle de Line s'accélérer tandis qu'elle observait les mouvements de cette chaussure contre le pied de la jeune fille.

« C'est qui ? Tu la connais, Line ? »

Quittant son livre, la jeune fille esquissa un sourire qui s'élargit en apercevant sa copine et devint un rire franc. Cela éclaira son visage, la fit tout à coup replonger dans l'enfance. La chaussure opéra une dernière oscillation avant de tomber dans l'herbe. La jeune fille ne sembla pas remarquer qu'elle l'avait perdue. Ses doigts de pied caressèrent mécaniquement l'herbe. Son amie, essoufflée, s'agenouilla près d'elle, elles s'embrassèrent et leurs corps s'étreignirent, passionnément, joyeusement, comme si rien n'existait autour d'elles. Rien de suffisamment important pour qu'elles doivent tout à coup être vigilantes.

Line les remercia silencieusement.

Quelques jours plus tard, un matin, tandis qu'elle s'habillait, Thomas aperçut un pansement entre ses seins, au niveau du plexus solaire.

« Qu'est-ce que c'est ?
– Un nouveau tatouage... »

Un sourire se dessina sur ses lèvres.

« Tu me le montres ? »

Elle ôta un coin du pansement et il aperçut le dessin : un poisson, noir, épais, à la gueule aplatie, s'étalait près de sa poitrine.

« Qu'est-ce que ça signif... »

Elle remit le pansement et enfila sa chemise. Elle allait finir par être en retard.

LA MIRACULÉE

Thomas resta troublé par le tatouage, par la noirceur qui s'en dégageait. Le poisson semblait ramper vers le cœur de Line, comme s'il s'apprêtait à le dévorer.

*

Les fantômes
Les absents
Envahissants

Insectes bavards
Bruyants
Toujours là

Intacts
Dans le corps
Dans la tête

Line

Elle a vingt ans et elle erre.

Après avoir obtenu son baccalauréat, elle a tenté la fac de droit, puis la fac de lettres. Elle a passé plus de temps sur les bancs et dans les cafés du Quartier latin que dans les salles de cours.

Elle pense à ces livres qu'elle adorait gamine, les *Histoires dont vous êtes le héros*, ces récits aux constructions labyrinthiques où le lecteur se trouvait face à toutes sortes de choix. Prendre un chemin ou un autre, faire demi-tour. Pénétrer au cœur d'une forêt ou rebrousser chemin. Affronter des bêtes. Échapper aux monstres. Ouvrir des portes closes. Être un preux chevalier ou fuir. Il n'y avait pas de réelle prise de risque car elle pouvait toujours revenir en arrière, retourner à la page où elle avait fait le mauvais choix. Dans ce monde fictif, faire demi-tour ne lui vaudrait ni honte ni reproches, car rien n'était définitif.

Line a vingt ans et elle aimerait retrouver ce pouvoir. Elle aimerait que ses erreurs de parcours soient simplement des carrefours de papier. Elle aimerait que le drame n'ait pas réellement eu lieu. Elle voudrait faire machine arrière. Changer le récit. Corriger les mots. Les remplacer par ceux qui réparent.

Dans un bar, un soir, l'amie d'une amie lui parle de son métier d'hôtesse de l'air. En l'écoutant, Line imagine une autre dimension, des frontières franchies et une nouvelle vie possible. Elle imagine des escales, le sable, le froid qui transperce, la chaleur accablante, la poussière et les parfums de villes inconnues. Ivre, agitée, Line ne retient que trois mots du récit de la jeune hôtesse : la liberté, le mouvement et l'esquive. Elle entend les départs, les décalages horaires et le quotidien décousu. Ne jamais être coincée entre les quatre murs d'un bureau. Ne jamais connaître la rigidité mortifère d'un emploi du temps répétitif.
Le reste, elle ne l'entend pas.

Line a vingt ans et elle sait enfin qui elle veut être : une fille de l'air.

10.

    Thomas l'apprit par hasard. Un ami lui dit avoir aperçu Line dans un café près du pont des Arts alors qu'il se rendait à un rendez-vous. C'était un jeudi, vers quatorze heures. Elle était censée être à l'aéroport. Et elle portait en effet sa tenue d'hôtesse. Tailleur bleu marine, chignon serré, foulard et lèvres rouges. Assise à côté de la baie vitrée, elle regardait dehors, un verre posé devant elle. L'ami avait traversé la rue, s'était approché de la brasserie où elle se trouvait et il lui avait fait un signe de la main. Derrière la vitre, elle l'avait regardé fixement, mais elle n'avait eu aucune réaction. Au lieu de répondre à son salut, elle avait ouvert le livre qui était posé devant elle – il s'agissait plus probablement d'un cahier, car armée d'un stylo, elle s'était penchée dessus et avait commencé à écrire. Il avait trouvé ça bizarre, cette manière de le fixer du regard sans réellement le voir.

    En racontant ça à Thomas, cet ami lui certifia qu'il s'agissait bien de Line, il en aurait donné sa main à couper.

Lorsqu'il était sorti de son rendez-vous deux heures plus tard, elle était encore là, droite dans son costume, raide, sa main posée sur le cahier, à observer la Seine.

Thomas le remercia, douta un moment, puis il passa à autre chose. Il préféra occulter cette conversation. Mais une semaine plus tard, cet ami le rappela pour lui dire qu'il avait de nouveau aperçu Line, à la même heure et à la même place, immobile derrière la vitre. Il était certain que c'était elle. Il aurait pu entrer, la saluer, mais il n'avait pas osé le faire. Quelque chose dans son attitude l'avait dérouté – il n'aurait su expliquer quoi.

Le jour qui suivit ce deuxième appel, Thomas rentra plus tôt à l'appartement, prétextant une urgence pour quitter le collège. Il fouilla dans les affaires de Line à la recherche d'un indice qui expliquerait ce qu'elle fabriquait là-bas, près du pont des Arts, au lieu d'être à l'aéroport.

Il ne trouva qu'une liste écrite à la main. Le papier était froissé, plié en quatre et glissé dans la poche de l'un de ses jeans. Il crut au départ qu'il s'agissait d'un pense-bête, d'une énumération de choses à faire :

Prendre le métro
Sortir (concert, cinéma)
Dormir dans le noir
Me réveiller dans le noir

Baiser dans le noir
Voler
Danser
Respirer

Line rentra à son tour, en fin d'après-midi. Lorsqu'elle ouvrit la porte, elle sursauta en le trouvant assis à son bureau. Ces derniers temps, elle avait tendance à sursauter pour un rien.

Elle retira ses chaussures et lui dit qu'elle allait prendre une douche, elle se sentait fourbue après la journée, sale à cause des transports en commun.

Elle avait dénoué le foulard qui enserrait son cou, retiré la veste bleue, descendu la fermeture Éclair de sa jupe.

Thomas s'était levé, il l'avait prise dans ses bras et avait vu les pelures rouges sur ses lèvres gercées, les mèches s'échappant de son chignon desserré, la poudre qui s'effritait sur sa peau sèche.

« C'était bien, ta journée, Line ?

– Bof ! La routine ! »

Elle s'était frotté les yeux d'une main nerveuse, laissant une traînée noire sur sa joue.

Il attendit qu'elle sorte de la douche pour lui proposer d'aller dîner dans le restaurant où ils avaient leurs habitudes, un bistrot à l'ambiance conviviale proposant des ravioles de Royan que Line adorait et une bonne sélection de vins.

« Je suis fatiguée, Thomas. »

Elle se tenait maintenant face à la fenêtre du salon. Elle lui tournait le dos, concentrée sur les mouvements de la rue. Il devinait son dos raide, ses muscles crispés sous la fine chemise de coton. Il détaillait le jean qui la moulait, ses pieds nus et ses cheveux lâchés.

Il prit une grande inspiration.

« Dis-moi, Line. Depuis quand me mens-tu ? Depuis quand joues-tu la comédie ? »

Elle s'était retournée, surprise, l'avait fixé avec un air offensé.

« Quoi ? Quelle comédie ?
— Où pars-tu chaque matin ? Où vas-tu, Line, chaque putain de matin ? »

Elle avait sursauté, ses yeux avaient navigué du canapé à la porte d'entrée. S'il ne s'était pas trouvé entre les deux, elle aurait sans doute quitté l'appartement sur-le-champ ; elle n'aimait pas les scènes de confrontation, elle les fuyait. Line n'avait qu'une envie : partir, ne pas lui rendre de comptes.

Au moment où elle était passée devant lui, il l'avait attrapée par la taille.

« Laisse-moi, Thomas ! »

Elle s'était débattue, mais il avait refusé de la lâcher.

Une voix en lui disait, qu'est-ce que tu fous ? Lâche-la. Mais il était incapable d'obéir à cette voix.

« Parle-moi, Line ! »

Il répétait ça en la serrant plus fort. Et sentait les os de ses bras rétrécir sous ses doigts, sa peau se froisser, ses muscles se tendre.

Ils se contemplèrent, essoufflés, rouges. Une veine gonflée barrait le front de Line, battait sous sa peau.

Elle le fixa avec ce regard qu'il avait remarqué depuis quelque temps. Un regard habité d'un éclat particulier. Au milieu de ses yeux écarquillés, une petite flamme résistait, dernière étincelle de liberté et de désir – celle de la proie qui se tient face à son chasseur, juste avant la pure terreur.

« Excuse-moi. »

Il relâcha son étreinte, recula, mais à son tour elle s'avança, se colla à lui et le visage contre son cou, enfin elle parla. Il sentait son souffle chaud contre sa peau, les contractions de son corps.

« Les vols me manquent, Thomas. Tu n'imagines pas à quel point ils me manquent. Et en même temps, je ne sais plus si je peux... Si je suis capable de recommencer. J'ai essayé, mais... je n'y arrive pas.

– Qu'est-ce que tu n'arrives pas à... »

Elle se mit à parler vite, bas, sans prendre le temps de respirer. Mais curieusement, c'est lui qui s'essoufflait en écoutant le débit rapide, heurté de ses mots.

« Ne me demande pas ça, Thomas. Je n'ai rien à expliquer. C'est juste que... L'autre jour, j'ai cru entendre ce bruit... Ce martèlement... Mais c'était autre chose, c'étaient les bruits d'un chantier et... C'est arrivé comme ça, là-bas. De la même façon. Pourquoi ça n'arriverait pas ici ? C'est si brutal, si soudain. Ça nous saisit et on ne peut rien faire, on ne peut que subir car c'est bien plus puissant que nous. Je n'arrête pas de me demander... Est-ce que j'aurais pu faire quelque chose pour nous sauver ? Pour la sauver ? Et maintenant, c'est devenu impossible. Tout est devenu impossible. C'est le chaos, là dehors. »

Ces mots, elle les jetait contre le cou de Thomas, à l'abri de son regard. Dans ce mince interstice, cette cachette que formaient leurs peaux, elle pouvait chuchoter sa peur et sa honte. Il prit sa main, sentit ses doigts froids, mouillés. Écouta encore sa voix.

« As-tu déjà eu peur, Thomas ? »

Il pensa à la liste froissée, trouvée dans la poche de son jean – *métro, sortir, baiser, voler* – et réalisa tout à coup qu'elle y avait inscrit tout ce que le séisme lui avait enlevé.

Toutes ces choses anodines étaient porteuses de dangers imminents ; certaines étaient devenues de véritables montagnes à franchir. Ce n'était pas Line qui les refusait – au contraire, elle les désirait comme on désire quelque chose que l'on a perdu ou que l'on n'a jamais eu –, non, c'étaient ses muscles qui se rétractaient, sa chair qui se glaçait à leur contact.

Les bruits, sourds ou aigus, les atmosphères rances, le vent se levant subitement, tout cela était devenu intolérable pour elle. De simples stimuli ressentis comme des lames. Le monde fourmillait de rapaces qui la couvaient du regard, tournant autour d'elle, espérant tromper sa vigilance, attendant le moment où elle baisserait la garde. Et Paris n'était plus que menaces, vacarmes et silences précaires, obscurité ou lumières trop vives.

Cela, il le comprenait tout à coup, ou plutôt il l'effleurait, lui qui ne revenait d'aucun enfer. En repensant à la liste oubliée dans sa poche, qu'elle avait égarée là comme on égare un Kleenex ou un vieux ticket de métro, il comprit ses détours, ses renoncements – cette ample stratégie d'évitement qu'elle avait mise en place, optant pour la fuite parce qu'elle n'avait pas d'autre choix.

*

Pendant l'effroi
Le corps anesthésié
Insensible, détaché

Flottant en apesanteur
Quelque part au-dessus
Loin du sol

Mais la peur patiente
Attendant son heure
À l'affût de sa proie

Line

Elle a vingt-trois ans et elle vole.

Son corps enfin délivré de la pesanteur.

C'est une vie en mouvement, un tourbillon : les vols, les escales, les astreintes, les nuits blanches et le corps malmené. À la Compagnie, avec ses compagnons de route, ils forment une sorte de grande famille. Cela, elle l'a ressenti dès la première fois. Un long vol de douze heures pendant lequel elle a côtoyé étroitement l'équipage. L'escale ensuite, et le retour, ensemble, comme un clan. Elle s'est souvenue des nuits blanches de son adolescence, ces nuits infinies de paroles et d'enivrement. S'est souvenue aussi de la force et des promesses de la sororité – la tendresse, pour toujours, l'amitié à la vie, à la mort, plus forte que le sang.

Lorsqu'ils se sont séparés à Roissy, elle ne savait pas si elle les reverrait un jour, s'ils voleraient de nouveau ensemble. Elle a pensé : nous sommes une tribu éclatée aux quatre coins du monde.

Line est Personnel Navigant Commercial. Sa mission consiste à assurer la sécurité de la cabine d'un vol depuis son point de départ jusqu'à son arrivée. Elle doit effectuer le contrôle des équipements de sécurité et des moyens de communication lors de la prise en charge de l'avion. Pendant l'embarquement, vérifier qu'aucune porte ne soit obstruée et ne gêne une éventuelle évacuation d'urgence. Au cours du vol, assurer une veille active des toilettes, de la cabine et des galleys dans le but de prévenir un éventuel départ de feu. Line a toujours en tête les procédures de préparation de cabine et d'évacuation en cas d'atterrissage forcé ou de dépressurisation.

Elle s'occupe des passagers, rassure, sert, ramasse, nettoie, un sourire à toute épreuve plaqué sur ses lèvres, mais derrière ce sourire incubent les check-lists et les procédures apprises par cœur. Elle veille. Lorsqu'elle enfile son costume, elle a parfois l'impression qu'il s'agit d'une armure.

Line a vingt-trois ans et a été préparée à faire face à toutes sortes de situations de crise. Sa tablette regorge de documents confidentiels :

Que faire en cas de défaillance technique, de black-out, d'urgence sanitaire. Que faire en cas de tentative de prise d'otages, d'attaque terroriste, de tentative d'intrusion. Que faire en cas de séisme.

Échapper au danger, sauver ce qu'il y a à sauver, c'est à ça qu'ils l'ont formée. Ce qu'ils ne soupçonnent pas, c'est que Line sait déjà intimement ce que cela signifie. Elle sait qu'aucun exercice, aucune formation ne prépare à une telle chose : faire partie de ceux qui rentrent.

11.

Thomas avait appelé la Compagnie. Ils avaient confirmé ce qu'il redoutait : Line n'avait jamais repris le chemin du travail. Son arrêt avait été prolongé plusieurs fois. Elle s'était elle-même assignée à résidence.

Mais chaque jour depuis quatre mois, elle se levait, enfilait sa tenue d'hôtesse, se maquillait. Elle l'embrassait au petit matin et sortait. Où allait-elle ? Se rendait-elle dans ce café près du pont des Arts ? Attendait-elle là que les heures défilent ? Chaque jour, elle fuyait ses questions et son corps. Chaque jour, elle mentait.

La Compagnie ne l'avait pas renseigné sur les motifs qui justifiaient cet arrêt prolongé. Ceux-ci étaient confidentiels. Eux-mêmes n'y avaient pas accès. Peut-être pouvait-il contacter le médecin qui la suivait, même si celui-ci était bien sûr tenu au secret professionnel. C'est ce que Thomas aurait pu faire, appeler ce médecin, lire entre ses mots, mais qu'est-ce que celui-ci lui aurait dit qu'il ne savait déjà ?

Peu après son retour de Tokyo, on l'avait alertée sur son refus de revoir la psychologue clinicienne spécialisée en SSPT. On ne voulait pas l'alarmer, mais après ce qu'elle avait traversé, il fallait être vigilant, tous les rescapés n'étaient pas égaux face aux épreuves.

De nombreux vétérans américains de la guerre du Vietnam, des soldats revenus des guerres du Golfe et d'Afghanistan, des rescapés d'attentats, de viols avaient développé des symptômes traumatiques. Dans l'Antiquité déjà, on reconnaissait les troubles psychiques des soldats de Sparte.

S'ils n'étaient pas suivis, ceux qui souffraient de tels symptômes pouvaient s'enfoncer dans la dépression, développer des idées morbides. Certains allaient même jusqu'au suicide. Il y avait eu cet homme, victime des attentats du Bataclan, qui avait mis fin à ses jours un an après avoir survécu à l'horreur. Cette gamine américaine qui avait échappé à une tuerie dans son lycée et n'avait pas supporté la culpabilité d'être encore là alors que ses amis comptaient parmi les victimes. Elle aussi s'était donné la mort deux ans après les faits.

Les grandes catastrophes recélaient presque toujours des histoires de survies extraordinaires. Mais après ? Qu'y avait-il après le miracle ?

Thomas repensa à sa propre rencontre avec le médecin de l'hôpital, au retour de Line quelques mois plus tôt. Après lui avoir énuméré les symptômes de Line, le docteur lui avait remis un fascicule. Sur la couverture, le titre *Le Syndrome de culpabilité du survivant* s'étalait sur fond rouge, dans une typographie grasse, comme un avertissement pour le lecteur : attention, contenu hautement sensible. Thomas l'avait rapidement survolé. Il avait essentiellement lu les passages mis en exergue : mélancolie des survivants, culpabilité, autocondamnation, sentiment de trahison, ressassements... Il y avait aussi la question lancinante du pourquoi. *Pourquoi ai-je été sauvé ?* Lorsque Thomas avait lu ces pages, Line dormait juste à côté, dans l'une des chambres de l'hôpital. Elle était de retour. Tout était derrière eux désormais. Il avait refermé le fascicule, l'avait jeté et avait rejoint la chambre.

ESPT : état de stress post-traumatique. Ils vivaient dans un monde où ce mot semblait commun, tant il était courant. Usité déjà. Usé jusqu'à la moelle. Soumise à une violence protéiforme, leur époque était instable, émaillée de chocs et d'effrois, faite de replis sur soi.

Sur les devantures des kiosques s'étalaient les titres des quotidiens, ressassant les mêmes faits : guerres, attentats, séismes, tempêtes, virus meurtriers, féminicides et attaques sauvages. Juste à côté, les magazines de psychologie positive et de développement personnel fourmillaient d'articles exhortant leurs lecteurs à *être bien*. Bien dans sa tête. Bien dans sa peau. Dans son corps, son travail, son couple, sa maison. En harmonie avec son être profond. À l'écoute de ses émotions. Connecté à ses désirs. Apte à pardonner.

Line et Thomas vivaient dans cette dictature du bonheur, factice, teintée de menace, où chacun était tenu de saisir les clés qui lui étaient offertes et de se prendre en main. Mais dans ce monde qui aimait tant discourir sur la force des résilients, quelle place y avait-il pour les immobilisés, les démissionnaires ? Avaient-ils réellement le droit d'échouer ? Où commençait la honte ?

Thomas voulait oublier les silences et les mensonges de ces derniers mois.

La veille, lorsqu'il était rentré trempé du collège, Line se tenait face à son bureau, songeuse, observant la longue faille sur le mur voisin.

La porte avait claqué derrière lui. Line avait fait volte-face.

« Je t'ai fait peur ?
– Hein ? Non, je... je la regardais.
– Quoi ? Qu'est-ce que tu regardais ?
– La fissure. »

Il avait posé son parapluie.

« Regarde bien Thomas, avait dit Line d'une voix hésitante. Je crois qu'elle a grossi. Elle est si profonde. Elle va finir par dévorer tout le mur. »

Des cernes noirs creusaient ses yeux. Depuis quelque temps, elle passait des heures à naviguer sur internet. Line cherchait des articles faisant référence à l'altération de la mémoire. Ceux qu'elle avait trouvés parlaient de l'impact physique de certains traumatismes sur le cerveau, sur la manière dont celui-ci communique avec le système nerveux. Était évoquée la possibilité d'une perturbation émotionnelle et psychique prolongée. Et dans certains cas, le traumatisme allait jusqu'à annihiler les souvenirs.

Ces sites renvoyaient vers des forums de discussion, des blogs et des articles relatant des expériences vécues. Cliquant frénétiquement, Line avait fini par plonger dans la lecture de témoignages, de récits de guerre et de sauvetages. Ce jour-là, l'une de ces histoires l'avait frappée :

Un homme racontait avoir secouru une femme lors d'un attentat. Ils étaient restés ensemble des heures durant, serrés l'un contre l'autre dans un espace étroit. Puis, après avoir été libérés grâce à l'intervention des forces spéciales, ils avaient été emmenés, chacun de son côté, lui hospitalisé pendant plusieurs jours. L'homme ne se souvenait de rien. Il avait occulté l'existence de cette femme. Totalement. Dans sa mémoire, rien ne subsistait de ces heures de terreur. C'était la femme, plus tard, qui avait repris contact avec lui pour le remercier. Elle lui avait alors raconté tout ce que lui avait oublié.

Après avoir lu ce témoignage, Line avait ressenti une immense fatigue. Elle s'était allongée, vaseuse, éprouvant une sensation de malaise qu'elle ne pouvait définir. Les mots de cet homme avaient-ils ouvert une porte ? Lorsqu'elle avait commencé à somnoler, quelque chose s'était passé. Un déclic. Une voix était subitement remontée en elle et

cette voix, qu'elle reconnaissait, lui parlait de Tokyo et de ses fantômes. Line s'était redressée, trempée, cœur battant, affolé. La voix tournait dans sa tête. Des mots. Des murmures. Des chuchotements. Un prénom. Saki. Elle. L'autre femme. Sous terre. Pas de visage. Un fantôme. Un souffle.
Et le bruit.

Tap tap tap.
Tap tap tap.

Une semaine plus tard, Line et Thomas marchaient côte à côte, au même rythme, le long des quais de Seine. Flânant devant les étalages des bouquinistes, lui se sentait comme un touriste dans leur ville. C'est ce qu'il imaginait. Qu'ils étaient des visiteurs. Un couple d'amoureux, vacanciers déambulant dans un Paris de carte postale. Et dans ce cliché parfait, aucun œil, même le plus affûté, n'aurait pu discerner les autres aspects de leur vie – les crises de Line, ses décrochages, tout ce qu'elle lui cachait et qu'il devinait dans les indices qu'elle laissait traîner derrière elle.

« J'ai appelé la Compagnie, Line... »

Il s'arrêta, retira ses lunettes. Attrapa un coin de son tee-shirt pour les essuyer. Line ne l'attendit pas, elle continua sa marche le long du quai. Sa queue-de-cheval se balançait avec la régularité d'un métronome. Chacun de ses pas rallongeait la distance entre eux et cela soulageait Thomas. Voir le monde à travers le prisme de sa myopie lorsque ce qu'il contenait le dérangeait était peut-être sa meilleure stratégie de fuite. De la même manière que sa vue déformait les contours des choses, il imaginait que leurs liens pourraient s'assouplir, leurs querelles se résorber.

Lorsqu'il la rattrapa, Line s'était arrêtée devant le stand d'un bouquiniste. Elle contemplait la reproduction d'un tableau.

« Tu m'as entendu, Line ? J'ai appelé la Compagnie... Je crois que voir un psychologue serait...
— C'est un tableau de Monet. *Les Oies dans le ruisseau*. Il est magnifique, tu ne trouves pas ? »

Thomas la regarda, effaré, et ignora le tableau.

« Bon sang, où es-tu, Line ? »

Depuis des mois, il ressentait ses fuites. Même lorsqu'ils se trouvaient dans la même pièce, lorsqu'ils parlaient, cuisinaient, faisaient l'amour, il n'arrivait pas à réellement la sentir. Il lui fallait lire entre ses mots, contourner ses silences. Parce qu'elle ne s'exprimait jamais de manière totalement honnête. Mais ces derniers jours, ce sentiment s'était exacerbé. Elle était ailleurs. Tout le temps.

« Je dois sans arrêt deviner ce que tu... Te comprendre. Et putain, ça me fatigue, Line, c'est comme courir sur deux chemins à la fois. »

Elle regarda le fleuve et soupira. Ignora son visage rouge, la veine gonflée sur sa tempe. Elle se concentra sur le tableau et parla, sans que Thomas sache vraiment à qui elle s'adressait – le tableau ou lui ?

« Il faudra bien choisir l'endroit où l'accrocher. On ne peut apprécier les œuvres des impressionnistes qu'en les regardant avec suffisamment de recul. Sinon, au premier abord, on ne voit que ces taches. Seules, elles ne signifient rien. Quand on s'éloigne, la tache claire, là, devient tour à tour une lumière sur l'herbe, un reflet dans l'eau ou une oie. Et la maison à demi cachée derrière les arbres... À quoi ressemble-t-elle ? Est-elle en bois ? Le chemin qui mène vers elle est si étroit et ses contours si flous qu'on ne sait pas si la maison repose sur la terre ou si elle flotte sur l'eau. »

Line paya le marchand, prit le tableau et le serra comme un objet précieux.

Le lendemain, en rentrant du collège, Thomas trouva l'appartement vide, les clés et le téléphone de Line posés sur la console près de la porte, ses chaussures à talons jetées au milieu de l'entrée, à côté de la veste et de la jupe bleu marine. Sur le parquet couraient les mèches de cheveux prises dans les épingles qu'elle avait dû retirer précipitamment, sans ménagement.

Et sur le lit, il trouva ces mots griffonnés sur une page arrachée :

Ne m'en veux pas, Thomas
Je dois partir

Line

Elle a vingt-cinq ans. La fenêtre de la chambre est entrouverte et un souffle d'air, ramenant les émanations de la rue, fait bouger les draps. Elle est assise au bord du lit, nue. La longue liane traverse son dos, ses feuilles s'élargissent sur ses omoplates, elles ondulent sur sa peau – il y a cette impression de mouvement, toujours, même quand elle reste immobile.

Elle se retourne et se penche au-dessus de Thomas.

Ils viennent d'emménager dans un deux-pièces du XIIe arrondissement. C'est le début de l'automne. Dehors les grands chênes du boulevard commencent à rougir. Bientôt, les feuilles seront arrachées par la pluie et le vent, et formeront des flaques de sang autour des troncs nus. Les jours raccourciront, Paris s'assombrira. Une lumière grise pénétrera les pièces de l'appartement, mais cette atmosphère de morte-saison n'atteindra pas Line car elle sera partie, la plupart du temps, sillonner le monde.

Une nuit, en caressant le tatouage sur sa hanche, juste au-dessus du réseau de cicatrices blanches creusées dans sa chair, Thomas lui a confié sa crainte qu'elle reparte. Il l'aimerait à côté de lui, tout le temps. Elle l'a trouvé immature, égoïste – la retenir serait la meilleure manière de la faire fuir, elle qui ne supporte pas d'être maintenue au sol –, mais elle n'a rien dit parce que seule la perfection de ce moment comptait.

Line a vingt-cinq ans et tout est doux, tout est parfait : son homme, avec qui elle vit désormais, avec qui les choses sont allées si vite, ses vols, sa vie en général. Le monde lui ouvre les bras.

Elle se colle contre Thomas, sous les draps. Leurs peaux nues, chaudes, s'amalgament. Son sexe contre son dos. Elle sent son souffle régulier, brise légère, tiède, contre sa nuque. Les bruits familiers, incisifs, de Paris lui parviennent assourdis. Là, blottie dans le nid de son corps, Line se sent chez elle, hors d'atteinte.

DEUXIÈME PARTIE

L'île de Saki

1.

À mesure que les mots revenaient frapper à la porte de sa conscience, à mesure que les souvenirs devenaient plus nets, Line avait poursuivi ses recherches. Elle pensait à la femme de Tokyo, tout le temps. Quel que soit l'endroit où elle se trouvait, elle n'arrivait pas à la semer. Et elle n'en dormait plus. Depuis le séisme, enfin un désir était né. Plus qu'un souhait, c'était une nécessité, un besoin qui balayait tout le reste : la retrouver. Savoir ce qu'ils avaient extrait de la terre.

Elle en était venue à la conclusion qu'il n'existait qu'un lieu où elle pourrait avoir des réponses : cette île, dont Saki avait parlé, où elle avait grandi – son île abhorrée. Line était devenue obsédée par cette terre. Où se trouvait-elle ? À quoi ressemblait-elle ? Qui vivait là ? Qui la visitait ?

Elle en avait découvert les premiers contours sur internet, à travers quelques photographies d'anciennes longères et de forêts de pins. Repliée, hors du temps, l'île ne semblait intéresser personne. Aucun article ne lui était véritablement consacré. Les liens contenant son nom l'avaient renvoyée le plus souvent vers d'autres lieux – ceux de mythes ou de légendes anciennes.

C'était une langue de terre et de sable, sortie des eaux salées de l'Atlantique, ramenant vers elle les trésors des laisses de mer. Mangée par le ciel et l'océan, elle était trop mince pour apparaître sur les cartes du monde.

Cette terre était à l'image de la Line d'aujourd'hui. Présente, mais fragile, menacée de disparition, d'extinction. C'était un endroit où l'on pouvait s'oublier.

Saki lui avait raconté : les surfaces miroitantes des marais, les tas de sel le long des bassins, la danse des aigrettes sous le ciel laiteux.

Et Line savait que quelque part derrière les dunes se trouvait la maison. Une maison à l'architecture insolite, dans laquelle on entrait comme dans une cachette.

Elle en était là de ses recherches lorsqu'une nuit – celle qui suivit la découverte sur les quais de Seine du tableau de Monet, *Les Oies dans le ruisseau* –, Line rêva de la maison. Elle rêva qu'elle sillonnait l'île et qu'elle la trouvait. La maison se dressait devant elle, telle qu'elle se l'était représentée : étroite, brune et entourée de pins.

Elle se réveilla en sursaut, mais elle n'eut pas peur. Il était sept heures trente. Elle était seule dans l'appartement. Thomas était parti sans la réveiller. Il avait pris une douche rapide et s'était éclipsé sans bruit. Il devait maintenant boire un café insipide dans la salle des professeurs avant son premier cours.

Line se leva et s'habilla minutieusement pour sortir, se maquilla et attacha ses cheveux.

Puis elle eut chaud, très chaud tout à coup. Elle ouvrit grand les fenêtres. La ceinture de sa jupe lui parut beaucoup trop serrée. Line l'enleva à la hâte, enleva aussi ses collants, elle les sentit craquer sous la pression de ses doigts. Elle déboutonna sa chemise, retira son soutien-gorge et sa culotte, arracha le foulard. Elle se retrouva nue dans l'air glacé du matin, face à la fenêtre ouverte du salon.

C'est son corps qui décida ça. Qui lui souffla : ça suffit ! Alors elle obéit. Line obéit à ses jambes, à ses mains qui défirent le chignon, démaquillèrent son visage et l'habillèrent d'autres vêtements. Son corps l'exhorta à aller plus vite. Elle jeta quelques affaires dans un sac. Griffonna un mot pour Thomas sur le premier morceau de papier qu'elle trouva et claqua la porte de l'appartement.

Puis ses jambes dévalèrent l'escalier.

Ce matin d'automne où Line quitta Paris, elle ressentit quelque chose qu'elle n'avait pas éprouvé depuis des mois : la foi. Elle était convaincue de ce qu'elle s'apprêtait à faire.

Avant de partir, elle s'arrêta à la terrasse d'un bistrot de l'avenue Daumesnil et commanda un café. Elle écouta la ville s'éveiller. Depuis Tokyo, elle rêvait de silence – un vrai silence qui lui permettrait d'entendre le vent.

Ce matin-là, Line pensa à ce silence, elle pensa à l'île et il lui sembla qu'autour d'elle les bruits commençaient à refluer.

Quelques heures plus tard, un train la lâchait dans une ville inconnue. L'une des rares navettes qui circulaient pendant les heures creuses la mena à un petit hôtel près du port. Elle prit une chambre, ne dîna pas. Elle ferma les rideaux et s'allongea sur le lit. Dans ce lieu inconnu, anonyme, loin de Thomas et de ses repères familiers, Line laissa les images lui revenir.

Tap tap tap.
Tap tap tap.

Elle était là-bas de nouveau. Le souffle lui manquait. Elle grelottait. Tout était noir. Le silence était profond. Combien de mètres la séparaient de l'extérieur ? Il n'y avait aucun indice, aucun repère. Seulement l'obscurité, totale. Une enveloppe de nuit et de béton.

Elle pouvait seulement lever ses bras à la hauteur de sa tête, bouger ses jambes, s'asseoir, mais c'était tout. Au-dessus d'elle et sur les côtés, elle devinait des parois, penchées et, sur le sol, du sable ou de la terre. Elle avait touché jambes, ventre, cou, visage, pour y chercher des blessures, des entailles. Avec ses mains encore, à la manière d'une aveugle, elle avait exploré l'espace mince autour d'elle.

Et tout à coup, elle avait senti. Entendu. Un souffle qui perçait le silence. Un corps qui se rapprochait, rampait vers elle.

« *Daijōbu desuka ? Daijōbu desuka ?* »
Des mains se touchaient dans le noir, s'extasiaient de ce contact inespéré.
« Quoi ? Je ne vous comprends pas. Je ne suis pas...
– Française ? Vous êtes française ?
– Oui ! Oh ! Dieu merci, vous parlez fran...
– Vous allez bien ?
– Oui. Je crois. Je ne sais pas. Mon corps, je ne le sens plus.
– C'est à cause des secousses. Elles sont encore présentes en vous. Il faut attendre qu'elles repartent.
– Où sommes-nous ?
– Je ne sais pas. Mais nous sommes vivantes. »

Nous sommes vivantes : c'étaient les mots de Saki. Des mots braves, confiants. Presque insolents dans l'obscurité d'en bas.

Ces mots, Line les répétait maintenant, allongée dans la chambre d'hôtel – nous sommes vivantes – et ils lui apparurent tout à coup comme un signe. Le signe que Saki était en vie, qu'elle était là, tout près. Bientôt Line marcherait dans ses pas.
Elle la rejoindrait et lui parlerait de Tokyo. Elle lui

poserait cette question dont personne ne semblait connaître la réponse : Comment fait-on ? Comment vit-on après ça ?

Le lendemain matin, Line quitta le continent à bord d'un bateau au moteur haletant, rouillé, puant le gasoil. Sur l'océan massif, portée par les gonflements lents de son eau sombre, sa tête tourna. L'air était peut-être trop pur, le paysage trop grand.
Une heure plus tard, les contours de l'île commencèrent à se dessiner. Le soleil perça les nuages, enflammant la côte, ses plages et ses dunes de sable, baignant pins parasols et maisons basses dans des flaques de lumière.
C'était un pays plat, écrasé entre le ciel et l'océan. Au-dessus de la surface vibrante, parsemée de striures argentées, les goélands jetaient leurs cris perçants, interrompant la musique hypnotique des vagues et des galets secoués par le ressac tandis que le bateau jetait l'ancre.

Saki aussi était arrivée sur l'île des années plus tôt, par un temps humide, à bord d'un bateau comme celui-ci, sans savoir ce qui l'attendait.

Saki

Elle avait embarqué le jour de ses dix ans. Autour de Saki, tout était blanc. D'un blanc de perle qui tendait vers le gris. C'était à cause du ciel de craie, il noyait les terres et donnait à l'eau un reflet laiteux.

Ce calme blanc l'avait éblouie, l'avait perturbée. La fillette n'arrivait pas encore à s'en imprégner, à s'y couler, car il contredisait les images qui vibraient encore dans sa tête : valises entassées, course, crissements des rails et annonces sonores. Le voyage avait été si long, si pénible. Des heures de vol, puis des trains, coincée entre ses parents muets qui semblaient vivre séparément leur chemin d'exil. D'un côté, le regard lourd, fuyant de son père, si coupable de leur infliger ce voyage. De l'autre, le corps tendu de sa mère, sa main qui ne l'avait pas lâchée depuis l'aéroport, comme si la fillette projetait de s'enfuir ou risquait de leur être enlevée durant cet épuisant périple.

Secouée par l'air vif, pur de l'océan, jambes flageolantes, Saki avait perdu l'équilibre. L'odeur de la mer, piquante, entêtante, assaillait ses narines, sa gorge. Les relents de poisson et de vase lui soulevaient l'estomac.

Elle avait refermé le col de son manteau, reniflé l'air salé et les effluves terreux en serrant dans sa main son billet d'accès au bateau. Elle s'était éloignée de l'embarcadère pour observer à distance les autres voyageurs. Certains étaient encombrés de grands sacs de courses et d'autres avaient l'air de revenir de leur travail ; ceux-là s'étaient avancés sur l'appontement, ils allaient et venaient en attendant l'embarquement. Tous avaient le teint rouge des étrangers.

La fillette avait enjambé la lourde chaîne qui empêchait l'accès des voitures au quai. Ses chaussures patinaient sur la pierre mouillée, recouverte de mousse. De nouveau elle avait glissé, s'était rattrapée de justesse, son cœur se serrant tandis qu'elle se répétait qu'elle détestait ce voyage. Pourquoi étaient-ils venus ici ?

Dépêche-toi !
La voix de son père l'appelait, il lui faisait signe de les rejoindre.
Cours ! Cours, ma sauterelle !

Au même moment, la corne de brume avait poussé son cri rauque. Saki avait sursauté, s'était relevée et avait couru le long du quai.

C'est ainsi qu'elle avait dû rejoindre le bateau. Cherchant son souffle. C'était comme ça que les choses s'étaient passées. Elle n'aurait pu embarquer autrement qu'en suffoquant, suffisamment étourdie pour ne pas penser à cet *ailleurs*. Cet endroit qu'elle ne connaissait pas et où elle allait devoir vivre.

L'océan à perte de vue. Au-dessus d'elle, une lumière blonde perçait les nuages et inondait la surface des eaux. Saki se répétait que cet éblouissement était un bon présage. Assise sur le pont du bateau, elle était restée seule. Ses parents et les autres passagers s'étaient abrités à l'intérieur. Pour eux, rien ne valait la peine d'affronter le froid humide ; ils connaissaient par cœur leur route maritime.

Accoudée au garde-corps, la fillette avait resserré son écharpe et s'était laissé bercer par le roulis tandis que le bateau entamait sa traversée.

À mesure qu'ils s'éloignaient du continent, une brume s'était lentement formée, masquant l'horizon et rafraîchissant l'atmosphère.

L'océan enflait sous le ciel d'ardoise. Ses petites mains agrippées au bastingage, Saki scrutait les cloches vertes des vagues, qui gonflaient et s'agitaient comme des corps vivants autour du bateau. L'eau salée, mêlée aux gouttes grasses, épaisses, qui tombaient du ciel, lui cinglait le visage.

Elle avait ignoré les cris de ses parents qui lui disaient de rentrer se mettre à l'abri. Elle avait fermé les yeux et léché le sel sur ses lèvres.

Lorsque Saki avait rouvert les yeux, l'île était là.

Son cœur s'était soulevé et la fillette, terrorisée, s'était demandé : alors c'est ici ?

Elle avait voulu fuir au départ. Puis elle avait repris son souffle et la timidité s'était effacée, une faim s'était réveillée en elle. Saki voulait tout voir. Elle avait besoin de disséquer l'île. Son regard avait fouillé les côtes jaunes, les maisons plus basses que dans son pays d'origine, les arbres et les coques des bateaux de pêche oscillant sur les vagues.

La brume s'était définitivement levée lorsque le bateau avait accosté. Nauséeuse et tremblante, Saki avait posé un pied instable sur la terre ferme. Elle s'était appuyée contre son père.

Ce qu'elle avait senti en premier, c'était la puanteur. Il suffisait d'un vent fort, humide, balayant l'île de part en part et portant avec lui les effluves des marécages. L'odeur avait accentué sa nausée. Tout à coup elle aurait aimé faire demi-tour. Remonter sur le bateau, même si pour cela il lui faudrait de nouveau affronter les montagnes océanes.

Un couple s'était avancé vers eux, cheveux argentés et peau de cuir ridée. Ses grands-parents maternels étaient presque des étrangers pour elle. Le grand-père était fort, plus fort que le père de Saki. Il avait attrapé leurs valises et les avait chargées à l'arrière d'une camionnette.

Les adultes discutaient, mais la fillette n'entendait rien : elle était fatiguée et avait encore l'impression désagréable de tanguer. Les mouvements du bateau faisaient osciller son corps, même sur la terre ferme.

La femme aux cheveux gris s'était accroupie devant elle.

Bonjour, Saki. Tu te souviens de moi ? Tu as l'air bien fatiguée, ma chérie. Viens. Rentrons à la maison.

Le regard de la fillette avait plongé dans ses yeux clairs, vaguement familiers.

2.

Line se rendit dans l'un des rares gîtes de l'île, dont le propriétaire, un certain Adam, était peu loquace au premier abord, ce qui la rassura d'emblée. Avec lui, il n'y aurait ni questions ni bavardages inutiles. Le gîte était une ancienne ferme, longue et mélancolique, à la pierre usée et aux volets rongés par le sel. Au rez-de-chaussée, les pièces en enfilade, sombres, sentaient l'humidité et la cendre. Sous le toit d'ardoise, les combles avaient été aménagés et trois chambres étaient proposées à la location. Leurs fenêtres s'ouvraient sur une étendue d'herbe pâle dévalant vers la mer.

Pour une modique somme, Line loua l'une des chambres mansardées, qui lui offrait tout ce dont elle avait besoin : un lit simple, une petite salle de douche et un bureau devant la fenêtre, sur lequel elle posa cérémonieusement son carnet.

Le premier jour, assise face à la fenêtre, elle l'ouvrit, contempla les pages encore vierges. Dans sa main, le stylo, agité par ses propres tremblements. Elle se lança. Elle écrivit. Elle commença à consigner ses souvenirs du séisme pour peu à peu en appeler d'autres. Puis elle s'allongea sur le lit aux ressorts bruyants et laissa dériver ses pensées dans ce nouveau lieu, inconnu.

Tap tap tap.
Tap tap tap.

Les bruits sous terre. Leurs coups brisaient le silence. C'étaient eux qui avaient dû finir par les sauver. Il fallait taper, sans cesse taper contre les parois autour d'elles. Saki avait dit qu'ils finiraient par les entendre. Lorsque Line avait hurlé, Saki l'avait fait taire. Non ! Ne crie pas ! Ça ne sert à rien. Tu t'épuises. Il faut taper, chacune son tour.

Elles avaient trois *dorayakis*, trois petits gâteaux aux haricots rouges que Line avait achetés et glissés dans sa poche juste avant d'entrer dans le temple d'Asakusa. Elles les avaleraient lentement, miette par miette.

Son sac, elle l'avait perdu. Mais dans sa poche, elle avait retrouvé son téléphone, indemne. Lorsque Line l'avait allumé, l'écran avait émis une lumière aveuglante. Elle s'était accrochée à cette lumière qui était leur ultime lien vers le monde vivant.

Il n'y avait pas de réseau. Les téléphones étaient réservés aux secours, lui avait dit Saki. Elle savait, elle connaissait les conséquences des séismes. Dans ses mots, Line avait deviné ce qui était en train d'advenir de Tokyo :

En haut, la pagaille.

Les fils électriques le long des rues, arrachés, tout comme les canalisations, les immeubles et les arbres.

Les quartiers sinistrés privés d'eau courante et de gaz. Les lignes de transport coupées.

Les habitants se ruant dans les rares magasins encore intacts pour faire des provisions, toutes ces denrées de base, rationnées, qui deviendraient rapidement impossibles à trouver. On assisterait bientôt à la naissance de curieux marchés noirs qui redistribueraient les cartes.

Tap tap tap.

En bas, le gouffre. Leurs yeux aveugles et leurs souffles mêlés. Les prémices d'une nuit infinie où plus rien ne les rattacherait au monde. La vie, l'instant d'après, la mort. Line n'avait pas eu le temps de saisir ça, de sentir ce basculement insensé. La peur commençait seulement à faire son chemin en elle.

Elle avait allumé la lampe du téléphone, le faisceau avait balayé l'obscurité, révélant l'endroit où elles se trouvaient : un renfoncement, clos, constitué de parois fragmentées, imbriquées grossièrement les unes dans les autres. Devant elles, de longues fissures, de la poussière, du sable, des murs si près de leurs visages qu'il aurait mieux valu ne pas les avoir vus, ne pas y penser, pour pouvoir continuer à respirer. Elles étaient prises au piège dans un enchevêtrement de béton où brillaient des éclats de verre.

Le souffle de Saki s'était accéléré. Elle pensait sans doute comme Line : elle aurait préféré ne pas connaître la configuration des lieux, l'étroitesse du boyau qui les avait avalées.

Rester dans le noir leur aurait permis d'imaginer une issue. Maintenant elles savaient.

Line avait fait glisser le faisceau plus bas, sur son jean, ses baskets. Elle avait inspecté ses jambes, les avait pliées. À côté, celles de Saki, plus courtes, légèrement écartées, dans un pantalon clair, déchiré.

Le faisceau de lumière était remonté et là, elle avait vu. Entre ses cuisses, le sang mélangé au sable.

Éteins-le ! avait ordonné Saki. Ne gâche pas ta batterie !

Line avait obéi et de nouveau l'obscurité les avait enserrées.

L'image avait continué de flotter devant ses yeux – le sang noir entre ses jambes. Et la douleur dans son ventre s'était réveillée. Elle avait pensé à Thomas et au vide, à la vie minuscule qui avait cessé de battre.

Tap tap tap.

En fin de journée, Line finit par se lever. Elle sortit et alla s'asseoir sur le muret qui séparait le jardin de l'océan. Devant elle, la nappe d'eau s'assombrissait, le ciel de nuit semblait s'y fondre, diluant la ligne d'horizon. Les pieds de Line se balancèrent au-dessus du vide et un instant elle fut attirée par la possibilité de s'y laisser aspirer. Elle imagina sa nuque se briser sur les rochers noirs qui tombaient à pic vers la mer. Imagina sur sa peau le contact du sable constellé d'algues et de minuscules coquillages. Est-ce que le choc serait rapide, sans douleur ?

Un vent chargé d'écume vint balayer son visage, elle frissonna et rentra.

Penchée sur le petit bureau, Line pensait à Thomas. À ceux qu'elle avait laissés. Aux nuits parisiennes. À ses vols. Il y avait cette ancienne vie qui déjà la réclamait. Son murmure était pressant. Ses odeurs étaient celles de la ville et des corps qui courent. Ses couleurs n'avaient pas la pureté d'ici. Elles étaient fades. Ou violentes. Elles forçaient le corps à se contracter. À se défendre ou à combattre.

Depuis quelque temps déjà, Line n'écoutait plus Thomas. Les amis, leurs belles paroles, l'assommaient. Tous étaient insatiables de bons conseils. Peut-être était-ce Line qui n'était plus habituée à vivre avec eux. Elle avait envie de les rassurer, de leur dire qu'ils pouvaient reprendre leur souffle, que rien de dangereux ne guettait derrière ses silences.

Thomas s'était accroché à elle, à son corps, à sa chair. Peu importait que ce corps fût encore habité par les balancements hystériques de la terre. Peu importait que le cri de la bête fût gravé en elle. Il n'avait pas voulu comprendre, pas voulu approcher cette noirceur.

Les détails du *séisme de l'hanami*, elle ne les avait connus qu'après son retour en France. C'est par les médias qu'elle avait su de quelle manière il avait frappé : la secousse principale s'était produite à vingt-deux heures trente et une heure locale, à trente kilomètres de profondeur, et avait duré une minute et quarante-deux secondes.

Pendant cette durée infinie d'une minute et quarante-deux secondes, Line avait oublié que le temps délimite nos existences et chacun des pas que nous faisons. Le séisme l'avait arrachée au temps de l'ordinaire et avait déconstruit ses repères les plus familiers. Chaque cellule du corps de Line, chaque parcelle de sa conscience avait subi ce renversement des choses.

En vacillant, la terre avait tout emporté dans son mouvement : corps, sang, pensées, souvenirs, géographie. Ce mouvement de bascule avait modifié la configuration initiale de son monde.

De l'avion qui avait survolé la région lors de son retour, elle avait cherché les dégâts du séisme, mais elle avait eu beau fouiller le paysage, les ravages étaient indécelables. La terre s'éloignait et, vu du ciel, le monde se couvrait d'une vacuité étrange. Le drame s'éloignait de ses yeux et, à mesure que cette distance grandissait, Line s'était sentie submergée par des émotions confuses. Elle quittait Tokyo, s'échappait enfin de la ville meurtrie et, en même temps, elle ressentait le besoin d'y demeurer. Elle pensait ne plus pouvoir se soustraire au désastre.

Plusieurs mois après son retour, un matin d'été où l'air était brûlant, où les Parisiens faisaient leurs valises – il flottait dans l'air l'excitation qui précédait les vacances et elle s'enlisait –, Line avait retrouvé une carte de visite, réduite en bouillie dans la poche de son jean. Ce matin-là elle aurait eu besoin de parler à cette psychologue qu'elle n'avait jamais revue, lui dire que certaines images ne la lâchaient pas, qu'elle les avait trop regardées pendant les semaines qui avaient suivi son retour du Japon – était-ce une pulsion morbide, un besoin de rester là-bas, de continuer à se confronter à la bête ? Mais est-ce que raconter ces images l'aurait réellement apaisée ? Est-ce que la peur se serait atténuée ? Et Line n'aimait pas cette femme. Elle n'avait pas aimé son regard posé sur elle.

Depuis, elle l'avait compris, aucun médecin, aucun psychologue, thérapeute ou autre spécialiste, capable de soigner des traumatismes par des suggestions, des transes hypnotiques ou des mouvements oculaires, aucun de ces professionnels de la santé mentale dont raffolait l'époque ne pourrait l'aider.

La seule personne dont elle avait besoin, la seule à qui elle pourrait parler, c'était Saki. Car elles avaient partagé *ça*, cette longue nuit sous terre.

Line le savait maintenant, elle était revenue de Tokyo uniquement parce qu'elles étaient deux. Deux âmes affrontant la folie qui guettait, refusant de s'incliner, se tenant la main, et dialoguant pour ne pas sombrer. Ensemble elles pourraient se souvenir. Et guérir.

Tap tap tap.

À Paris l'écho des coups avait continué de la poursuivre. Elle croyait l'entendre partout. Dans les rues bruyantes, elle le confondait avec le tapage de la ville. Mais sur l'île, nulle sirène, nulle foule. Le bruit obsédant finirait peut-être par s'estomper, par la quitter. Et dans ce paysage plat où son regard ne se heurtait plus à aucune façade, aucun immeuble de géant, la menace des murs pourrait cesser de la hanter.

Ici était un horizon où l'œil et la pensée pouvaient se reposer.

Saki

Les marais. La première fois que Saki les avait traversés, le désespoir et le dégoût l'avaient submergée. Autour des bassins de sel, les paysages croupissants étaient traversés de crevasses invisibles à marée haute : des rides galopantes creusant les terres brunes et exhalant leur odeur de pourriture.

Son père lui avait décrit ce que serait son nouveau métier : paludier. Comme le grand-père maternel, qui le formait, lui expliquait tout, patiemment. Dorénavant tous deux étaient des laboureurs des mers : de l'eau, lentement, ils extrayaient le sel marin.

Chaque jour, l'été, armé d'un las, râteau au long manche, il fallait tirer le gros sel qui stagnait au fond des carreaux et le rassembler en tas. Cela formait des sortes de pyramides blanches le long des marais. Mais en y regardant de plus près, celles-ci gardaient la teinte grise de l'argile.

Dans les œillets, derniers bassins de la saline, flottant à la surface de l'eau en cristaux légers, les plaques de fleur de sel ressemblaient à de la neige. Avec des gestes lents, longs, à l'aide de la lousse, sorte de passoire, les précieux cristaux étaient recueillis, poussés délicatement vers le centre des bassins. L'or blanc dérivait lentement, récolté avec patience, humilité, avant d'être égoutté et séché. Mais un paludier n'était pas seulement un magicien recueillant les fins cristaux, son rôle était aussi de soigner les salines au fil des saisons. L'hiver, il recouvrait entièrement les marais d'eau de mer pour les protéger des intempéries et des gelées. Au printemps, la vase devait être évacuée, tout comme les algues accumulées au fil des mois. À la fin de l'été, les premières grosses pluies mettaient fin à la récolte. Travailler dans les marais signifiait faire corps avec les éléments, accepter les aléas de la météo et la fragilité qui en découlait.

C'est ce nouveau territoire, empreint de gestes inconnus, que Saki avait découvert à travers les mots de son père, alors qu'ils longeaient les bassins d'eau. Plus loin, dans des zones à l'abandon, l'odeur de la vase était prégnante. Portée par le vent, elle avait soulevé le cœur de la fillette tandis que celle-ci écoutait, poings serrés, affichant une expression docile. Dessous, sous sa peau tendre d'enfant, son estomac se tordait.
Elle n'aimait pas ce lieu puant. Elle n'aimait pas ce mot : paludier.

Indifférents à son désespoir, les avocettes et les courlis cendrés piquaient de leurs longs becs courbés l'eau des bassins. Saki s'était avancée, mais surprise par ce mouvement, ils s'étaient aussitôt envolés. Leur fuite avait été aussi rapide et fugace que celle des enfants du coin. Face à Saki, eux aussi avaient ce même mouvement de recul, instinctif.

D'emblée, elle les avait détestés : l'île et tous ceux qui y habitaient, hommes et bêtes.

Son école était minuscule. Une cour et un bâtiment en U. Une classe par section. Certaines classes mélangeant deux niveaux.

Dans la sienne, ils étaient dix-huit : onze filles et sept garçons.

Tu vas te faire des amis, Saki.

Sa mère lui avait dit d'être patiente, mais elle ne comprenait pas : Saki n'avait pas besoin d'amis. Elle ne cherchait pas à s'en faire. Ses souvenirs et les rêves qu'ils contenaient lui suffisaient amplement. Les roseaux, la rivière, la ville de verre et ses parfums, tout cela, elle l'avait emporté avec elle et le retrouverait. Elle ne resterait pas ici, sur ce caillou. Elle rentrerait chez elle. Bientôt.

Un matin, pendant la récréation, un garçon d'une autre classe était venu s'asseoir sur le banc à côté d'elle. Il ne lui avait pas parlé, ne l'avait pas regardée, Saki s'était même demandé s'il était conscient de sa présence. Peut-être avait-il choisi cette place sans réaliser qu'elle s'y trouvait déjà.

Ils étaient restés assis côte à côte à observer les autres enfants dans la cour. Puis la cloche avait sonné et ils avaient regagné chacun leur classe.

Le lendemain, il l'avait rejointe de nouveau sur le même banc et il l'avait ignorée de la même façon, tout en restant là, si près d'elle que Saki entendait sa respiration.
Puis, le troisième jour, il s'était tourné vers elle :
Salut ! Je m'appelle Victor.
Ils s'étaient dévisagés.
Il portait de petites lunettes rondes et des vêtements trop larges pour lui, comme s'il voulait s'arroger un peu plus de place dans le monde.
Il vivait là depuis trois ans. Son père était policier, Saki l'avait aperçu derrière le portail de l'école une fois : aussi grand, costaud et brun que son fils était petit, maigre et blond.

Très vite ils étaient devenus amis.
Elle aimait Victor parce qu'il savait se taire. Avec lui, nul besoin d'épanchements, nul besoin de promesses. Ils s'étaient simplement reconnus.

3.

Trois jours suffirent à Line pour trouver la maison brune. Trois jours pour parcourir le paysage plat de l'île, traversé de marais salants et de plateaux rocheux. Ses terres étaient inégales, tantôt grignotées par l'océan, tantôt s'accroissant, déployant leur végétation abondante et reprenant leur dû.

Line s'arrêta dans les villages qu'elle croisa sur sa route et interrogea les commerçants, leur demandant s'ils connaissaient une maison en bois, pointue, cachée derrière les dunes, la décrivant du mieux qu'elle le pouvait. Elle recueillit des regards étonnés. Certains se méfièrent et elle lut dans leurs yeux l'image qu'elle renvoyait, celle d'une étrangère, pâle, maigrichonne et bien trop curieuse.

Puis, le matin du troisième jour, la femme qui tenait l'unique boulangerie d'un petit village du bout de l'île lui répondit comme si c'était une évidence :

« La bicoque haute devant la plage ? Elle est à dix minutes d'ici. »

La femme lui indiqua la route à suivre et la prévint :

« Pas la peine de frapper ! Elle vous ouvrira pas sa porte ! »

Line reconnut tout de suite la façade de bois, à demi cachée derrière les branches d'un grand chêne.

Elle ouvrit le portail, s'avança dans le jardin, sentit craquer sous ses pieds les aiguilles des pins ramenées par le vent.

Elle s'arrêta, surprise, passa en revue l'ossature en bois, sur deux étages, rehaussée par des poteaux et surmontée d'un toit pointu. Un petit perron menait à la porte d'entrée. Entourée de pins, la maison était telle que Line l'avait imaginée : posée sur des pilotis au-dessus de la terre sableuse, tout en lames de bois et fenêtres asymétriques, elle ressemblait à une grande cabane. Une cabane aux murs usés, vieillissante, fragilisée par le temps et les vents marins. Line pensa à une main géante qui l'aurait posée là, se trompant volontairement de lieu, voulant peut-être casser un ordre établi.

C'était une sorte d'aberration visuelle sur l'île jalonnée d'anciennes longères et de maisons basses aux silhouettes trapues, ramassées comme des bêtes à l'affût – une armée de pierre s'alignant au ras du paysage, défiant les tempêtes à venir. Elle n'avait pas le maintien solide des fermes centenaires, elle n'avait pas été bâtie pour contrer les vents puissants de l'île.

Line monta les trois marches du perron. Elle n'avait aucune justification à donner, rien qui expliquerait sa présence là, mais elle frappa. En réalité, c'est son corps qui choisit de le faire. Son bras se leva et ses doigts toquèrent contre la porte.

Celle-ci s'ouvrit presque immédiatement, comme si la personne qui vivait là attendait son arrivée. Une femme âgée se tenait devant elle et la dévisageait. Line eut un mouvement de recul en découvrant ses yeux : l'un bleu, l'autre brun. L'eau claire d'un côté, le limon de l'autre.

« Vous venez pour l'annonce ? demanda la vieille femme.
– L'annonce ?
– Pour le ménage. Je cherche quelqu'un...
– Oui. Oui, je viens pour ça, répondit Line en rougissant.
– Très bien. Suivez-moi. »
Elles entrèrent dans la maison.

D'abord un vestibule mince, des murs jaunis, une atmosphère vaguement étouffante. Tandis que la femme lui faisait visiter la maison, Line se concentra sur la configuration des lieux pour ne pas céder au vertige.

Dans le prolongement de l'entrée, un escalier menait à l'étage. Elles le grimpèrent. Là-haut se trouvaient deux chambres et une salle de bains. La plus grande des chambres se composait d'un lit, d'une armoire et d'un fauteuil en osier sur lequel était jeté un peignoir. De la fenêtre, derrière les silhouettes des pins maritimes, on apercevait l'océan. Line observa les fines coutures blanches que formaient les vagues sur la surface vallonnée. En tendant l'oreille, on pouvait entendre le bruit des rouleaux se brisant sur le rivage.

L'autre chambre était plus petite ; Line eut le temps de distinguer par l'entrebâillement de la porte un lit et une commode.

« Ce ne sera pas la peine de faire le ménage ici. La chambre est inhabitée », dit la vieille femme.

Line aurait voulu entrer, sentir l'atmosphère de la pièce, déceler dans son air les fantômes qui s'y repliaient. Mais la porte fut refermée d'un coup sec.

En bas, la femme indiqua une porte sous l'escalier. Lorsqu'elle l'ouvrit, une forte odeur d'humidité se dégagea. Elle s'avança, tâtonna dans l'obscurité en pestant contre une ampoule cassée.

« Ça n'a pas d'importance, vous n'aurez pas à y aller. »

Line se remit à respirer normalement. Elle n'aimait pas les pièces noires, désormais celles-ci l'effrayaient. C'étaient les antres aveugles des maisons, qui devaient rester fermés sur les ténèbres qu'ils abritaient.

La femme referma la porte – deux tours de clé nets – et elles entrèrent dans le salon.

Celui-ci contenait un poêle et une table à manger. Elles s'avancèrent à travers la pièce et leurs pas firent grincer le vieux parquet. La femme indiqua avec un geste de la main la cuisine ouverte dans un renfoncement.

« Les produits ménagers sont là, dans le placard du bas. »

Mais Line ne l'écoutait pas, elle était entièrement absorbée par ce qu'elle venait d'apercevoir de l'autre côté, juste derrière une porte vitrée.

Elle s'avança.

« Je peux ? »

La vieille femme hocha la tête. Line fit coulisser la cloison et s'avança.

Lorsqu'elle entra dans l'espace cerné de verre, l'atmosphère la saisit. Car si les pièces de la maison semblaient figées depuis un temps infini, un jardin d'hiver croissait là, foisonnant. Elle s'y enfonça, frôlant les feuilles roses d'un érable, et découvrant tour à tour les camélias et les arbres à feuilles grasses, les pierres et les plantes grimpantes.

Line continua son cheminement dans la véranda. Elle s'arrêta devant la verrière et observa le jardin extérieur. Lui semblait être à l'abandon : sa pelouse était en friche, ses haies jaunies, grignotées par une maladie ou des vers, ses arbustes dénudés. À travers les branches des pins miroitaient les reflets métalliques de l'océan.

C'est en observant les lianes des filles de l'air dégringolant le long des vitrages, leur feuillage dense et touffu, que Line comprit ce qui la troublait tant. Il lui sembla tout à coup évident que, même vieillissante, abîmée par les années, la maison abritait une vie cachée, tenace, un pouls persistant, aussi régulier que les mouvements de l'océan autour de l'île. On ouvrait le jardin d'hiver, on le nourrissait comme un animal, chaque jour, consciencieusement. Et la maison résistait, plongée dans un état de sommeil transitoire tandis que, dans ses entrailles, battait ce cœur vivant, emplissant l'air de ses pulsations.

« Chaque jour, je les arrose et je les taille, je vérifie les pousses et l'état de la terre. Mais pas seulement. Il faut parler aux fleurs », dit la vieille femme, comme si elle lisait dans les pensées de Line.

Elle ouvrit la porte de la verrière, et Line la suivit dehors.
Derrière la maison, la végétation étouffait : chiendent et pissenlits avaient pris d'assaut l'espace, leurs teintes jaunes irradiaient sous le soleil de midi. Line s'enfonça plus loin, à l'ombre des pins. Cachée dans ce recoin sombre, cernée par les odeurs de la terre humide et de la lavande de mer, elle eut un léger vertige. Sa décision était prise. Au moment même où elle avait posé le pied dans la maison, elle avait su. Elle était venue pour ça, et elle n'était pas seule. Elle entendait la voix, qui chuchotait dans sa tête : *Alors, ça te plaît ?*

À la voix râpeuse se mêla le bruit. Dans sa tête, son écho résonna.

Tap tap tap.
Tap tap tap.

Les coups en bas, qui brisaient le silence. L'odeur du sang, de la pisse. Celle de leur peur aussi. Et le sable sous ses doigts.

Ses sensations se réveillaient et il lui semblait que c'était tout son corps qui sombrait, glissait vers le bas, retrouvant les blessures de Tokyo.

Ses membres raides, ses muscles et son ventre pétris de crampes, son coccyx brûlant. En bas, tout se tendait sous sa peau, tout se crispait à cause de l'immobilité, de l'espace trop étroit pour bouger. Par moments, elle s'allongeait un peu plus, se redressait dans l'espace restreint. Mais ça ne servait à rien. Son corps restait agité de secousses, tandis que sa bouche cherchait l'oxygène, avalait le sable en même temps que l'air.

À l'ombre des pins, Line ressentit à nouveau tout cela : le souffle saccadé, la poitrine écrasée, broyée sous un poids invisible. Ce combat qu'elle avait mené contre des forces insaisissables. Cette guerre vaine contre le vide, qu'une seule voix avait pu la convaincre de mener, lui répétant inlassablement : nous ne mourrons pas.

Cette voix, à présent, insistait : *Alors, ça te plaît ?*

Le cœur battant, Line se demanda : ceux qui nous ont sauvés finissent-ils par nous hanter ? Sont-ils les seuls êtres au monde à pouvoir nous comprendre ?

Elle revint sur ses pas et dit à la vieille femme :

« Je peux commencer cette semaine si vous voulez, je pourrai aussi m'occuper du jardin. Passer un coup de tondeuse et enlever les mauvaises herbes. »

Elle frissonna en prononçant ces mots.

La femme lui fit cette proposition : trois heures, deux fois par semaine, réglables en liquide.

Line hocha la tête, elles se serrèrent la main.

« Je m'appelle Rose », dit la femme.

Saki

C'était l'été. Bientôt viendrait la fin des cours. À la rentrée, Saki entamerait sa dernière année au collège. Elle venait d'avoir quatorze ans.

Elle terminait rapidement ses devoirs ; elle devait retrouver Victor une heure plus tard sur la plage. De sa chambre, elle entendait vaguement les voix de ses parents, en bas. Ce n'était guère plus qu'un bourdonnement lointain, jusqu'à ce que tout à coup sa mère hausse le ton.

Saki s'était levée, avait entrouvert la porte et écouté la litanie :

On ne divorçait pas comme ça, sur un coup de tête, on ne déconstruisait pas ce qu'on avait bâti si patiemment, on ne brisait pas sa famille. Parce que, autour d'eux, tout était volatil, la vie de manière générale était volatile, et la seule chose sur laquelle il leur était possible d'avoir une prise, c'était eux : leur famille. Sa mère criait que s'ils n'existaient plus – ensemble – alors plus rien n'existait.

Et ça avait duré, sa mère vociférant dans le salon face

à son père muet – toujours muet dans ce genre de situation, attendant que l'orage passe, mais ce n'était pas de la lâcheté, pensait Saki, non, c'était une pudeur. Puis la porte avait claqué. Un courant d'air avait emporté son père.

Il était parti rejoindre les salines. Sous la lumière descendante, sa silhouette mince se penchant au-dessus des œillets. Chaque jour, là-bas, à tirer le sel au milieu des eaux stagnantes, ce père devenu prince, ou esclave, des marais.

Saki avait attrapé son casque, l'avait plaqué sur ses oreilles et s'était réfugiée dans la musique. Elle avait alors signé un pacte avec elle-même, se promettant de ne jamais tomber dans le genre de guerre absurde à laquelle se livraient ses parents. Chaque être devait être libre de ses choix, et quoi qu'il en coûte, surtout, garder la tête haute, toujours, et serrer les dents. Ne pas jouer la tragédie.

Elle avait essayé de se concentrer sur une explication de texte à rendre pour le lendemain – l'agonie du père Goriot –, mais elle n'y parvenait pas. À cause des plaintes de sa mère, du regard de son père qui changeait depuis quelque temps, mais aussi à cause de cette fièvre qu'elle ressentait parfois.

Grandir sur l'île, c'était faire corps avec les saisons : c'était alterner des phases de repli, comme si l'on évoluait sous l'eau, enfermé dans une sorte de silence aquatique, puis remonter à la surface et renaître avec les beaux jours, s'ouvrir comme les bourgeons et les mammifères qui sortaient de leur hibernation. C'était ce qu'elle ressentait à ce moment-là : l'envie de courir et de mordre dans la vie.

Saki avait refermé son cahier et regardé avec soulagement l'heure qui avait tourné.

Elle s'était déshabillée, avait longuement réfléchi aux vêtements qu'elle allait mettre pour rejoindre son ami sur la plage.

Elle aimait ces moments avec Victor. Eux deux, assis côte à côte sur le sable, scrutant la mer, comme s'il allait en sortir quelque chose, une bête miraculeuse ou effroyable. Ils avaient commencé à fumer ensemble et elle aimait sentir sa tête tourner. Elle oubliait alors les fuites de son père, les colères de sa mère.

Victor se déshabillait, courait jusqu'à l'eau. Elle le regardait plonger, disparaître dans la mousse des rouleaux.

Elle ne l'accompagnait jamais. Elle détestait ça : l'eau glacée, le sel sur sa peau, qui la démangeait. Et elle nageait mal. Elle n'avait jamais voulu apprendre. Elle avait peur des vagues.

4.

Il se tenait dans un coin lorsque Line l'aperçut. Il se léchait, indifférent aux mouvements du balai sur le parquet. Line s'arrêta et le regarda faire sa toilette, puis, comme s'il sentait qu'on l'observait avec insistance, il releva la tête. Le chat s'avança vers elle, sa minuscule queue dressée.

Elle tendit la main et il vint s'y frotter.

« Voilà Eddy. Il doit avoir dans les quatre ans », dit Rose.

Line sursauta, elle ne l'avait pas entendue venir. La vieille femme se tenait en bas de l'escalier, couverte d'un gros pull et d'un blouson, prête à partir.

« Les gens du refuge l'ont découvert il y a trois ans sur une aire d'autoroute sur le continent. Il avait perdu un morceau de sa queue, mais il ne montrait pas de trace d'un traumatisme quelconque. Il n'était pas sauvage. »

Comme s'il savait que Rose parlait de lui, le chat vint s'enrouler entre ses jambes. Elle caressa son poil roux. Bercé par la main de sa maîtresse, son petit corps tangua.

« Je ne serai pas de retour avant trois ou quatre heures, Line. Quand vous aurez fini, claquez la porte. »

Line attendit quelques minutes avant de monter. À l'étage, elle resta immobile devant la porte fermée. La pièce était inutilisée, lui avait dit Rose. Elle hésita, toucha la poignée de ses doigts tremblants, puis finit par ouvrir la porte. Elle entra dans la pièce.

La chambre était austère. Le lit que Line avait entraperçu lors de sa visite de la maison était en fait un simple matelas posé à même le sol. Sous la fenêtre se trouvait une commode en bois et, de l'autre côté de la chambre, une armoire et un miroir en pied.

Elle s'avança vers la commode, passa le doigt dessus et constata qu'aucune poussière ne s'y était déposée. De la même manière, elle inspecta les carreaux de la fenêtre et conclut que cette chambre était la seule pièce de la maison parfaitement propre. Le froid qui y régnait, l'humidité et quelque chose d'éteint dans son atmosphère trahissaient le fait qu'elle était inhabitée depuis longtemps, mais on la dépoussiérait régulièrement, on lissait ses draps et on nettoyait méticuleusement sa fenêtre.

Line prit une grande inspiration en se penchant vers la commode. La honte lui fit monter le sang au visage, mais la curiosité et le besoin d'entrer dans l'intimité de cette pièce annihilèrent tout le reste. Seuls les murs la virent rougir.

Dans le premier tiroir, elle trouva des dessous en coton, blancs et à motifs, des chaussettes et une fleur séchée dont les pétales s'étaient effrités et se mélangeaient aux tissus. Elle reconnut la corolle du camélia *Margaret Davis*, son cœur blanc et le rose de ses extrémités qui avait dû être vif lorsque la fleur était vivante.

Dans le deuxième tiroir étaient rangés des tee-shirts de couleur, un short et une jupe courte en jean. Line n'osa pas les toucher.

Dans le dernier tiroir, une pièce en laine était soigneusement pliée, sur toute la longueur. Line caressa la matière d'un bleu marine profond, tirant vers le noir, et ne put s'empêcher de déplier le vêtement. C'était une grande étole dont elle se couvrit les épaules. Elle avait été portée de nombreuses fois, la laine peluchait, était usée par endroits. Line y chercha une odeur, mais ne trouva que celle des tissus trop longtemps enfermés. Elle replia l'étole, la rangea telle qu'elle l'avait trouvée et referma le tiroir.

Elle ouvrit l'armoire et toucha un par un les vêtements qui y étaient pendus. Un blouson en jean, un K-way rouge, des robes d'été boutonnées sur le devant, sages, et une autre, courte, en stretch noir. Line la retira du cintre, la plaça devant elle en se regardant dans le miroir. À demi cachée derrière la minuscule robe, elle eut l'impression d'être une géante.

Hormis les vêtements, elle ne trouva ni photo ni livre ou cahier, aucune trace de celle qui avait vécu là.

Elle souleva le matelas, le renversa contre le mur pour

être certaine que rien ne s'était glissé dessous. Puis elle alla chercher un tabouret, le positionna devant l'armoire et monta dessus. Le chat l'observait, fasciné, ratisser de ses bras l'espace au-dessus du meuble. Il restait là, campé sur ses pattes arrière, sa demi-queue battant l'air. Peut-être sentait-il que quelque chose de décisif allait se jouer.

Lorsqu'elle fut certaine d'avoir tout exploré, Line se laissa tomber sur le sol. Assis non loin d'elle, le chat se léchait les pattes. Elle le fixa, hypnotisée par les mouvements de sa langue tout en songeant à ce qu'elle venait de comprendre : dans cette chambre, comme dans les autres pièces de la maison, elle ne trouverait rien, ni photos ni lettres. Aucune trace.

Line ferma la maison et descendit vers la plage. Un long cordon noir traversait le sable, quelques mètres avant que les vagues se disloquent. La mer était descendante. Venue labourer le sable, à présent elle se retirait, laissant ce cordon de débris – algues, coquillages et branches aux formes torturées.

Après un tremblement de terre, découvrait-on aussi toutes sortes de butins, semblables aux trésors des laisses de mer ? Est-ce que chaque objet miraculeusement épargné avait une origine qui pouvait être retrouvée, une signification ou un message lancé au milieu du chaos ? Et Line, quelles traces avait-elle laissées après avoir déambulé des heures dans la ville, avant que la terre se mette à trembler ? Que restait-il de la jeune femme qui marchait vers un temple en caressant le très léger renflement de son ventre ?

Lorsqu'elle avait su qu'elle était déclenchée sur Tokyo, Line avait été heureuse de rejoindre l'équipage. Elle allait découvrir la ville au printemps, pendant cette période particulière où les Japonais célébraient l'*hanami*. On lui avait parlé de la floraison extraordinaire des cerisiers, des fleurs de *sakura* inondant les parcs, les berges des rivières, de leurs reflets dans la nuit se confondant avec les lumières des lampions.

C'était sa deuxième escale là-bas. Line y était déjà allée trois ans auparavant. Certains PNC japonais étaient programmés en priorité sur les vols vers le Japon. Pour les autres, cette destination était rarissime.

Le vol avait été calme. Facile.

Lors de l'installation des passagers, elle avait remarqué un homme à la cinquième rangée, pâle, cramponné à son siège. Il lui avait fait penser à Thomas.

Ils avaient lancé les démonstrations de sécurité. Lorsque l'avion avait décollé, une brume recouvrait Paris.

Après le premier service du repas, l'équipage s'était scindé en deux. Line faisait partie du premier tour de garde. Lors de la relève, elle avait rejoint sa couchette dans le cul de l'avion. Elle avait trois heures de repos devant elle. Elle s'était allongée, avait posé les mains sur son ventre.

Le deuxième service avait été distribué aux passagers, puis l'avion avait commencé sa descente. Le soleil se levait sur Tokyo. Le sommet du mont Fuji perçait la fine couche des nuages. Sa pointe blanche semblait flotter dans le ciel.

Ils avaient quitté l'aéroport de Narita au petit matin. Line avait somnolé jusqu'à leur arrivée à l'hôtel. Dans sa chambre, elle avait pris une douche rapide avant de partir visiter la ville. Elle voulait profiter de cette escale et éviter l'insomnie qui suivrait si elle s'accordait une sieste.

La vue du vingtième étage était époustouflante. La ville s'étendait avec ses larges avenues cernées de ruelles et ses hautes tours de verre reflétant le soleil. Sur le bureau de la chambre étaient posés, comme dans tous les grands hôtels tokyoïtes, un casque et des consignes de sécurité prévenant des risques sismiques et expliquant les gestes à adopter en cas de secousse. Line avait essayé le casque et s'était observée dans le miroir, un peu grotesque, la tête avalée sous la calotte orange. Elle avait pris un selfie pour Thomas. Elle était alors si confiante.

En quittant l'hôtel, elle avait croisé l'une des hôtesses de l'équipage qui, comme elle, partait visiter la ville. Elles s'étaient engouffrées ensemble dans le dédale du métro tokyoïte.

À Takeshita Street, elles avaient flâné au milieu d'individus sortis tout droit de mangas japonais – pupilles étranges, coiffes délirantes, jupons en dentelle ou longues robes de geisha, corsets et serre-tête carnavalesques. Line avait pensé aux dessins animés de son enfance en se faisant la réflexion que leurs héros existaient bel et bien. Et ici, à Tokyo, ils étaient d'une délicatesse extrême, d'une politesse parfois gênante, surtout pour quelqu'un débarquant d'une ville comme Paris.

Elles avaient continué leur route jusqu'à la gare de Shibuya où se trouvait la statue de Hachikō, chien célèbre pour avoir attendu là des années son maître décédé. Puis attablées devant un thé matcha au deuxième étage d'une tour, elles avaient observé le manège de la foule en bas, sur le Scramble Crossing.

Le temps était ensoleillé, l'atmosphère douce. Elles s'imprégnaient de l'énergie des rues. Au marché d'Ameyoko, elles avaient dégusté des *dim sum*, petits raviolis fourrés, avant de se quitter. Et Line avait continué sa route.

Elle avait entendu parler d'une coutume populaire au temple Senso-ji : en agitant une boîte remplie de tiges de bois, on pouvait lire son avenir. Parce qu'elle s'apprêtait à annoncer la nouvelle de sa grossesse à Thomas, Line avait décidé de se rendre au temple. Elle voulait savoir ce que leur réservait l'avenir. Est-ce que rien ne ternirait leur bonheur ?

La nuit était tombée lorsque Line avait franchi les portes du temple. Une grande lanterne rouge se balançait dans la brise. Elle avait trouvé le mur de tiroirs et, comme le voulait la coutume, elle avait choisi au hasard l'une des boîtes cylindriques posées devant. Elle l'avait secouée et en avait tiré un long bâton de bois. Sur ce bâton était gravé un numéro. Dans le tiroir portant ce même numéro se trouvait un papier où était écrit son avenir. S'il s'agissait d'un bon présage, la coutume voulait que Line le garde avec elle. S'il était mauvais, elle plierait le papier et le laisserait au temple.

D'un geste ferme, Line avait ouvert le tiroir.

Saki

La première chose qu'elle avait vue en ouvrant l'œil, c'était un papillon bleu voletant dans la chambre au-dessus de son lit. Il avait dû entrer par la fenêtre pendant qu'elle dormait. L'été, elle la laissait souvent entrouverte ; elle aimait être réveillée par les gazouillements des oiseaux et le son étouffé des vagues.

Avec sa main, Saki avait suivi les mouvements du papillon, sa chorégraphie étrange entre les murs de la chambre, de bas en haut, comme s'il gravissait et descendait de petites collines invisibles. Tout à coup elle avait repensé à cette légende qui disait que les morts prenaient la forme d'un papillon avant de rejoindre les cieux. Elle avait essayé d'imaginer une âme cachée sous les ailes bleues. Est-ce qu'un mort était venu la voir pendant qu'elle dormait ? De qui s'agissait-il ?

Puis, derrière le roulement des vagues, derrière les sifflements du vent et les craquements des branches, elle avait entendu un autre bruit, étouffé mais bien réel. Elle s'était redressée, avait écarté le drap et tendu l'oreille. Était-ce un aboiement, un animal que l'on égorgeait ?

Elle était allée ouvrir la fenêtre, avait fait de grands mouvements avec ses bras pour chasser l'insecte, pour l'aider à retrouver son chemin vers l'air libre.

Le soleil était déjà haut dans le ciel, il devait être au moins onze heures. Elle ne pensait pas avoir dormi autant. À quelle heure était-elle rentrée la veille ? Elle ne savait plus, elle avait trop fumé, ses cheveux sentaient le tabac et l'herbe à plein nez. Sur la plage ils n'avaient pas vu le temps passer, et ils auraient aussi bien pu y rester jusqu'au matin si Victor n'avait pas dit au bout d'un moment : *merde, faut que je rentre, mon vieux va me tuer !*

Sa tête tournait encore, elle aurait voulu se rallonger.

Mais en bas, les cris de sa mère avaient interrompu ses pensées. Le souffle de Saki s'était suspendu.

Le bruit qu'elle avait entendu un peu plus tôt avait pris une forme plus précise. Ce n'étaient pas des aboiements, ni un animal que l'on égorgeait. Non, c'étaient des sanglots.

Elle s'était levée d'un bond, sans prendre le temps de s'habiller. Elle avait dévalé l'escalier en culotte et avait trouvé sa mère en bas, le téléphone à la main, qui la regardait avec des yeux véritablement apeurés.

L'espace d'un instant, Saki avait tout imaginé – un accident, une tragédie. Elle s'était avancée vers sa mère, puis s'était arrêtée net lorsque celle-ci lui avait dit :

Il n'est pas rentré de la nuit !

Saki avait soupiré, soulagée, le calme l'avait envahie – *ce n'était que ça, il rentrerait un peu plus tard, après l'écrémage des bassins.*

Elle avait baissé la tête pour s'empêcher de sourire – sourire de cette mère hystérique – et avait caché sa poitrine avec ses mains.

5.

Adam lui tendit une tasse de café et ils restèrent un moment debout, face à la fenêtre de la cuisine, à regarder l'océan. De l'autre côté de la vitre, une mésange bleue vint picorer des miettes de pain. Ils l'observèrent en buvant leur café.

Il finit par rompre le silence, interrogeant Line sur sa vie sur l'île.

Elle résuma en quelques mots ses promenades, les notes qu'elle prenait, pour un projet personnel. Elle rit, d'un rire qui se voulait léger, même si, en lui disant cela, elle lui avouait qu'elle menait ici une vie monastique, repliée sur elle-même.

Il continua à observer le manège de la mésange, puis avala le reste de son café.

« À plus tard alors ! »

Par la fenêtre, elle le regarda s'éloigner, traverser l'étendue d'herbe pâle en direction du chemin côtier. Le corps épais d'Adam, mangé par la brume, se transforma peu à peu, jusqu'à devenir une silhouette haute, longiligne. Un instant, il lui sembla reconnaître Thomas, reconnaître ses contours et sa démarche flottante. Line s'accrocha à cette vision – il était là, il était venu la retrouver sur l'île. Le cœur battant, elle s'imagina l'appeler, courir vers lui. Mais le soleil perça à travers la fenêtre et l'éblouit. La brume se dispersant, la vision de Thomas s'évanouit.

Elle se détourna, jeta le reste de son café et remonta dans sa chambre.

Lorsqu'elle n'était pas chez Rose à s'occuper de la maison, Line passait la plupart de ses journées à écrire ou à fouiller l'île à la recherche des traces d'une ancienne vie. Et elle attendait que l'air de l'océan ait raison de ses insomnies.

Une nuit, incapable de dormir, elle avait fini par attraper le réveil de la chambre et par descendre le cacher dans le buffet du salon. Son tic-tac l'oppressait. Il lui rappelait le supplice du temps sous terre. Fébrile, elle était remontée dans la chambre, s'était assise devant le petit bureau. Dans le carré noir de la fenêtre, son reflet pâle semblait vibrer. Elle avait ouvert son carnet.

Tap tap tap.
Tap tap tap.

Dans leur gouffre, combien d'heures, de nuits écoulées ? Nul indice. Nulle intuition. Et ce temps sans fin qui l'asphyxiait.

Alors elle allumait le téléphone sans cesse. Elle ne pouvait s'en empêcher. Elle avait besoin de s'accrocher à la lumière pâle qu'il émettait. Violente déjà pour ses yeux. Cette lumière était l'ultime lien vers la vie, elle lui prouvait que le monde existait encore quelque part. Qu'un pouls continuait de battre dehors.

Et puis le téléphone s'était éteint. Brutalement. Il les avait rendues à leur nuit. En silence, elle avait pleuré. Longuement pleuré, parce que, dans le noir, plus rien n'existait. Ni l'espace ni le temps. Les secondes s'égrenaient, si lentes. Il était impossible de les compter. C'étaient des secondes sans visage. Qui les aspiraient. Les dévoraient. Tel Chronos dévorant ses enfants.

Un matin, alors qu'elle se rendait chez Rose, Line l'aperçut qui traversait l'estran, munie d'un K-way et de bottes en caoutchouc, un seau à la main, évoluant lentement entre les trous d'eau. C'était un jour de belle marée et plusieurs pêcheurs à pied parcouraient cette zone rocheuse et sableuse qui offrait sa faune et sa flore le temps de quelques heures, avant d'être de nouveau submergée par les lames de l'Atlantique. Rose partait ainsi souvent à la pêche aux crustacés.

Line se rendit donc dans l'unique magasin de pêche de l'île et acheta tout le matériel qu'on lui conseilla : râteau, seau, filet, couteau et griffe à palourde. Le lendemain, elle sortit après le lever du soleil.

Sur la plaque rocheuse miroitaient une multitude de

bassins d'eau. Au-dessus, le ciel était limpide. Mais vers l'horizon pointait un gris menaçant, renforçant l'impression que cet enchantement était provisoire, qu'il s'agissait là d'une parenthèse.

Line traversa la plage et s'engagea sur la zone rocheuse, le long des parcs à huîtres. Courbés au-dessus des mares d'eau, les pêcheurs à pied soulevaient les pierres et fouillaient le sable, déterrant mollusques et crustacés – pétoncles, moules, palourdes, coques, crabes et bouquets de crevettes. Cette terre de l'entre-deux regorgeait de trésors, pour ceux qui savaient les saisir.

Tout en surveillant d'un œil les mouvements de la marée sur l'estran, Line copia les gestes des pêcheurs à pied. Mais les crevettes, transparentes, filaient sous l'eau avec des mouvements trop rapides pour qu'elle ait le temps de rabattre son filet. D'autres espèces, trapues ou filandreuses, s'enterraient sous le sable à une profondeur que son râteau semblait incapable d'atteindre.

Le supplice ne durerait pas. On lui avait parlé des dangers des marées. Il fallait être vigilante. La mer montait pernicieusement et, alors que vous chassiez la palourde, vous pouviez vous retrouver encerclé avant même d'avoir eu le temps de relever la tête.

Elle aperçut bientôt Rose qui remontait vers la plage, de sa démarche claudicante. Line se positionna de manière à se trouver sur sa route et s'accroupit. Un groupe de coquilles grises, pointues et évasées, s'étalait sur un rocher. Line tira sur l'une d'elles, mais la coquille resta fixée comme une ventouse à son support. Elle insistait, lorsqu'elle entendit la voix de Rose juste à côté.

« Vous n'arriverez à rien comme ça. C'est une patelle. Il faut la décoller du rocher. »

Feignant la surprise, Line mit sa main en visière devant ses yeux et la salua.

« Une patelle, répéta Rose. On les appelle aussi des chapeaux chinois, à cause de leur forme. »

La vieille femme s'accroupit près de Line, se pencha au-dessus du bassin d'eau et lui expliqua comment décoller doucement le spécimen en glissant son couteau entre la coquille et la paroi rocheuse où il s'était accroché.

« Voilà, vous voyez, il vient tout seul quand on l'aide un peu ! »

Rose jeta le coquillage dans le seau.

« Merci. Est-ce que vous... »

La question de Line resta en suspens ; Rose s'était déjà relevée et traversait la plage.

Line appliqua à la lettre cette première leçon et remonta un peu plus tard vers le chemin côtier avec son seau à moitié rempli de patelles, le visage rougi par l'air glacé.

« Alors ? Vous savez les mitonner ? »

Elle sursauta. Rose se tenait juste derrière elle. Devant son air surpris, la vieille femme sourit et lui dit :

« Vous voulez que je vous montre ? »

Line fut étonnée que les choses soient aussi simples. Les insulaires restaient le plus souvent distants avec ceux qui n'étaient ni de leur famille ni des amis proches. Vous pouviez échanger des mots dans la rue, au marché, au bistrot ou à la messe le dimanche. Vos voisins semblaient ouverts à la discussion, parfois même bavards. Mais passées ces marques de sympathie, ils vous disaient au revoir, à la prochaine, et refermaient leur porte. Quelle que soit sa bonne volonté, Line resterait la femme débarquée sur leur île un jour d'automne, avec le teint pâle des citadins. Mais ce matin-là, Rose la solitaire l'invita à partager son repas.

Elles marchèrent jusqu'à la maison, chacune chargée de sa pêche. La vieille femme demanda à Line en penchant son seau vers elle :
« Vous aimez les bouquets ? »
Elles contemplèrent les corps translucides, enchevêtrés, qui frétillaient encore.

Rose prit les choses en main, s'affaira dans la cuisine. Line l'écouta lui parler de l'île tout en ébouillantant les bouquets et en les laissant rosir lentement dans l'eau frémissante avant de s'attaquer aux patelles. Elle les fit cuire dans un jus de beurre et de citron, y jeta une pincée de sel. Line se concentrait sur ses gestes agiles pour oublier son propre trouble. Rose ne le savait pas, mais elles étaient déjà si intimes. Line connaissait tant de facettes de la vieille femme :
Rose l'intrépide. Rose l'écorchée. Rose l'insulaire,

emmitouflée dans sa serviette à capuche, la laissant sur le sable avant d'entamer sa nage quotidienne dès les premiers jours de printemps, se mesurant à l'océan, quelles que soient les températures ou les saisons. Nageait-elle encore chaque matin ? Line l'imagina : vieille folle au corps usé, remontant la plage, la tête cachée sous sa capuche, boitant légèrement, à la manière d'un surfeur encore secoué par les coups puissants des vagues.

C'était une enfant de l'île, elle avait grandi là, entre l'estran et les marais salants. Pour les gens du coin, Rose était restée la gamine d'antan, bien qu'elle soit partie longtemps à l'autre bout du monde, et revenue différente, plus discrète, plus sauvage, retirée dans sa maison de bois, au milieu de ses jardins.

Elle avait la peau burinée des pêcheurs et de ceux qui gravitent en bord de mer. Lorsqu'elle se rendait à la plage ou qu'elle parcourait l'île à vélo, elle portait des pantalons d'homme et des pulls marins, trop grands pour elle. Ses cheveux argentés étaient coupés court. De loin on aurait pu la prendre pour un gars du coin, mais lorsqu'elle s'approchait, lorsque vous lui parliez, elle était d'une délicatesse exquise.

Avant de passer à table, Line lui demanda si elle pouvait monter se rafraîchir. Elle se sentait fébrile.

Dans la salle de bains, elle s'approcha du miroir, souleva son pull et observa le tatouage près de son cœur. Le corps noir du poisson-chat se déployait entre ses seins, nageoires ouvertes. Sa large bouche garnie de filaments semblait vouloir percer sa peau. Elle pensa au pouvoir extraordinaire de ce poisson.

Avec le temps, Line s'était habituée à la douleur des premiers coups d'aiguille. Elle n'était pas douillette, mais la toute première fois, lorsque le tatoueur avait commencé son travail, elle avait failli changer d'avis. Le résultat avait été à la hauteur de ses efforts. Jamais elle ne s'en était lassée, contrairement à ce que ses parents lui avaient prédit sur un ton de reproche lorsqu'elle était rentrée chez eux avec le lierre tatoué sur la cuisse : *et à quoi ça ressemblera quand tu seras vieille ? Quand ta peau se fripera ?*

Ce tatouage était une ancre contre sa propre disparition. Il lui promettait l'éternité et excluait l'idée même de vieillesse. Très vite Line avait eu envie de ressentir de nouveau le contact de l'aiguille, cette douleur certes désagréable, mais féconde. En couvrant son corps de dessins, elle avait chaque fois la sensation de s'enraciner, d'écrire un nouveau morceau de son histoire.

Tout comme Line avait gravé le garçon sur son corps, Tokyo était inscrit dans sa chair. Elle le sentait, physiquement, à chaque instant.

En caressant le poisson-chat, elle se sentit une nouvelle fois protégée.

Elles se mirent à table et, avant de commencer le repas, Rose s'adressa à Line sur un ton tout à coup sérieux, où pointait une forme de reproche :

« Au fait, si vous voulez ramasser des coquillages, il faut le faire avec parcimonie, en respectant ce que l'île nous offre. Chaque fois que vous retournez une pierre, vous devez la reposer telle que vous l'avez trouvée. Chaque pêche que vous jugerez inutile devra être replacée dans son milieu d'origine. Et, s'il vous plaît, laissez tranquilles les jeunes coquillages. »

Line acquiesça en rougissant, puis Rose s'esclaffa :

« Je suis une vieille grincheuse ! Mais, vous savez, ces touristes qui font n'importe quoi, à force, ça me... »

La vieille femme s'interrompit et commença à manger. Le silence planait maintenant entre elles et seuls les bruits de couverts résonnaient dans le salon.

Line ne poserait aucune question à Rose, même si elle brûlait de le faire.

Est-elle revenue ? Est-elle là, quelque part ? A-t-elle appelé ? A-t-elle raconté ce qui lui est arrivé à Tokyo ? A-t-elle parlé de cette Française, cette hôtesse de l'air avec qui elle était là-bas ?

Elles mangèrent en silence.

Saki

Le soleil descendait lentement, passait derrière les dunes, zébrant le ciel de nuances marines. Sur la plage, Saki observait les rares promeneurs, cherchant parmi eux la silhouette familière de son père. Elle le guettait, elle savait qu'il reviendrait – un jour. Elle le retrouverait là, arpentant la plage, comme il l'avait toujours fait ces dernières années, en regardant les premières lueurs du crépuscule.

Plus loin, à droite, les algues formaient des colliers odorants. Un groupe de bécasseaux sanderlings était descendu jusqu'à la bordure de l'eau. Leurs courtes pattes s'agitaient comme des petits éventails au-dessus du sable, survolant l'écume en suivant les mouvements de la mer. Ils recommençaient leur va-et-vient, inlassablement.

L'agitation des oiseaux du littoral, leurs cris et leurs manœuvres mystérieuses, le tumulte incessant des vagues. Ce paysage était à la fois immuable et changeant. En bord de mer, aucun jour ne ressemblait à un autre, aucune nuit n'était la même. Suivant le continuel mouvement des marées, la lumière et la densité de l'air se modifiaient sans cesse. Quelque chose – une couleur, une voile, la force du vent ou la forme d'un nuage – venait toujours s'immiscer dans le décor pour le bouleverser.

Saki pensait aux systèmes parfaits, utopiques, où tout pouvait se dérégler si rapidement. Où tout parasite corrompait l'ensemble. Elle pensait aux abeilles, aux fourmis, s'organisant à merveille pour maintenir la vie de leur ruche, de leur nid. Elle pensait à sa propre famille, à ce microcosme qu'ils avaient formé tous les trois avant le départ de son père. Un merveilleux système qui avait été rompu à leur arrivée sur l'île.

Chaque jour, chaque nuit, elle songeait à leur vie d'avant, à l'appartement minuscule au nord de Tokyo, près du lycée international. Sa mère qui se rendait trois matins par semaine, à vélo, dans une école de langues où elle enseignait le français à des adultes. Elle portait de jolies robes, elle prenait soin d'elle, pas comme ici, toujours fourrée dans ses bottes et ses pantalons d'homme. Son père était comptable dans une entreprise de télécommunications. Il semblait heureux alors.

Il y avait les parcs, les ruelles abritant des échoppes, la promenade le long des berges de la rivière Shakujii, bordée de cerisiers qui fleurissaient abondamment au printemps. Leurs pétales dérivaient le long de l'eau, minuscules barques blanches, odorantes.

Saki se souvenait que, plusieurs fois par an, ils partaient de bon matin, tous les trois, suivaient les rues où couraient les fils électriques, emberlificotés les uns aux autres, comme de la maille ou de longs serpents noirs accrochés dans le ciel. Ils attrapaient la ligne Yamanote qui les emmenait jusqu'à la gare d'Ueno. Saki sentait la pression des doigts de sa mère autour de sa main, elle la lui serrait beaucoup trop fort tandis qu'ils marchaient vers le parc d'Ueno, puis elle se détendait en entrant dans le jardin zoologique. Celui-ci regroupait une grande variété d'espèces : pandas, ours, tigres, singes, reptiles. Mais c'étaient surtout les oiseaux qu'ils venaient voir, au bord du grand étang de Shinobazu. Là sa mère s'accroupissait à sa hauteur et elle lui montrait : pélicans, cormorans, oies sauvages. Elle racontait à Saki tout ce qu'elle savait sur eux. Elle lui apprenait à les aimer. Les grands cormorans noirs, bossus, aux plumes huileuses, vibrantes de reflets bleutés, ne révélaient leur véritable beauté que si l'on s'approchait assez d'eux pour apercevoir leurs yeux magnétiques, d'un vert de jade, translucide. Ils dérivaient lentement sur l'eau, cou et bec levés, l'air de regarder le ciel alors qu'en réalité ils scrutaient les fonds des lacs. Saki observait leur manège de va-et-vient entre la surface et les fonds où évoluaient leurs proies. Puis, lorsqu'ils étaient suffisamment rassasiés, les cormorans décollaient au ras de l'eau, dans un bruit de frottement, leurs ailes claquant la surface des lacs. Ils montaient jusqu'aux cimes des arbres, séchaient leurs plumes en étirant leurs ailes. Perchés là-haut, sombres et immobiles devant le ciel blanc, ils ressemblaient à des rapaces guettant leurs proies. Saki aurait aimé être l'une de ces proies, juste quelques secondes, le temps d'apercevoir leurs yeux de jade lorsqu'ils fondraient sur elle.

Hé, Saki !
Elle avait relevé la tête, surprise. Victor se tenait devant elle. Sa tête enfouie sous la capuche de son sweat-shirt, ses longues jambes noyées dans un jean trop large qui tombait sur ses hanches.
Qu'est-ce' tu fais ?
Rien, je réfléchis.
Il s'était laissé tomber à côté d'elle, avait fouillé la poche de son jean, en avait tiré deux feuilles à rouler et de l'herbe. Sa langue avait léché le côté de l'une des feuilles.

Saki avait enfoncé son menton entre ses genoux, fouillant le sable avec ses doigts.
T'as révisé, Saki ?
Quoi ?
Les probabilités.
Les quoi ?
Elle avait attrapé le joint entre les doigts de Victor.
Saki ! On a un contrôle de maths demain, tu te souviens ?
Elle s'était laissée tomber sur le sable. Avait regardé les étoiles danser au-dessus d'eux en tirant sur le joint. Elle avait recraché longuement la fumée.
Rien à foutre des probabilités.

6.

Line avait nettoyé et rangé la maison. Elle s'apprêtait à partir lorsqu'elle tomba sur Rose, devant le portail, une bicyclette à la main.

« Tenez, c'est pour vous. Ça vous dit, une visite de l'île à vélo ? »

Line fut surprise et accepta.

« Attendez-moi là. J'en ai pour deux minutes », lui dit Rose.

Le chat en profita pour sortir de la maison et vint tourner dans les jambes de Line en miaulant, mais elle l'ignora. Il finit par se lasser et repartit de sa démarche chaloupée, sa moitié de queue battant l'air.

Rose revint avec son propre vélo, un vieil engin rouillé. Elles partirent, Rose en tête sur sa machine usée qui couinait à chaque coup de pédale. Au moins Line ne risquait pas de la perdre.

Lorsqu'elles arrivèrent à la pointe de l'île, la marée était montante, les algues amoncelées formaient des barrières odorantes le long de la plage.

« Vous les voyez ? Là ! Regardez ! » cria Rose en lui montrant du doigt la zone où l'écume venait lécher le sable.

De minuscules silhouettes rondes allaient et venaient en bande, suivant les mouvements de la mer. Groupés, les oiseaux s'affairaient dans cette zone humide, donnant de rapides coups de bec dans le sable, remontant en groupe vers le haut de la plage à mesure que la mer avançait. Leurs pattes courtes allaient à un rythme si rapide qu'il était impossible de les distinguer clairement.

« Ce sont des bécasseaux sanderlings, dit Rose. Ils sont là en hiver, toujours en groupe. Lorsqu'ils migrent, ils peuvent parcourir des distances immenses. Ceux que vous voyez au milieu, plus trapus avec un bec court, ce sont des tourne-pierres. »

Line plissa les yeux, essayant de discerner des silhouettes ramassées qui se seraient distinguées des autres. Mais ils étaient des centaines à s'agiter en tous sens et elle n'avait pas l'œil affûté de Rose.

C'est là, cernée par les bruits du ressac et les cris des mouettes rieuses, qu'elle repensa à ce jour de septembre, à Paris, où elle avait observé des milliers d'oiseaux bruns, plus fins que ceux-ci, plus bruyants aussi, s'agiter parmi les branches du jardin de la bibliothèque François-Mitterrand. C'était une belle soirée de début d'automne, la lumière était plus chaude, plus enveloppante que celle d'aujourd'hui, mais Line en gardait un souvenir glacé.

Ce jour-là, elle avait marché. Le métro, ses secousses et ses odeurs de ferraille l'oppressaient. Descendre sous terre la paralysait depuis Tokyo. Alors elle avait rejoint à pied la rue de Tolbiac et l'avait longée jusqu'à la grande bibliothèque. Elle s'était arrêtée en bas des marches, avait contemplé les quatre tours de verre, immenses, colossales, en se demandant si leurs fondations pourraient résister à un cataclysme massif. La sensation de se trouver là, minuscule et insignifiante, au pied de ces géantes, lui avait donné le vertige. Elle avait monté l'escalier et traversé l'esplanade jusqu'à son centre.

En s'approchant, elle avait entendu une clameur. Line s'était penchée au-dessus du jardin intérieur et elle avait alors aperçu les petits corps bruns qui s'agitaient dans les branches des arbres. Des milliers d'étourneaux voletaient là dans un assourdissant mélange de piaillements et de froissements d'ailes, au milieu des couloirs moquettés entourant le jardin et menant aux salles de lecture.

Elle avait observé leurs vols courts, rapides, ce joyeux bourdonnement dans l'air stagnant du soir. Elle aurait alors tout donné pour être l'un de ces oiseaux insouciants et frivoles. Pour ne plus être la femme froide et distante qu'elle était devenue. Cette miraculée graciée, mais fautive, insensible à toute beauté.

Line et Rose étaient maintenant au cœur des marais salants. Les œillets formaient des miroirs d'eau. Dans certains bassins, la mer en se retirant avait laissé de longues nervures argentées qui couraient sur l'argile grise. Elles s'arrêtèrent sur un chemin qui longeait l'océan. Devant elles, des oies bernaches s'étaient regroupées par centaines et leurs gloussements formaient une clameur cacophonique. Le spectacle de leurs corps noirs et gris tanguant sur l'eau, sans grâce, fit sourire Line.

« Lorsqu'elles volent, c'est autre chose, lui dit Rose. Si vous avez la chance de voir un jour un vol de bernaches au-dessus de l'horizon juste avant le coucher du soleil, vous vous en souviendrez, croyez-moi. En mars, lorsqu'elles partent pour leur grande migration, on entend leurs ailes battre l'air.

– Comment connaissez-vous toutes ces espèces ?

– Mon père était paludier. Il arpentait les marais et il aimait les oiseaux. Il aimait les observer et les croquer.

– Il les croquait ? »

Rose éclata de rire.

« Il ne les mangeait pas bien sûr ! Non, il les dessinait. »

Son regard alla se perdre au loin, bien après les bernaches.

« Il avait des carnets où il collait ses dessins. À côté il notait les noms des espèces, les dates et les endroits où il les avait croisées. Tourne-pierres. Gravelots. Échasses blanches. Aigrettes garzettes. Huppes fasciées. Cisticoles des joncs et fauvettes grisettes. Il affirmait qu'on n'avait pas

besoin de parcourir le monde pour trouver les plus beaux spécimens parce que c'était ici qu'ils nichaient. Il disait que l'île est le point de rencontre de tous les oiseaux du monde : lorsqu'ils migrent pour rejoindre l'Afrique, la Sibérie ou le Moyen-Orient, ils passent par là. Quelles que soient les routes empruntées, l'île est sur leur chemin. Il exagérait bien sûr, conclut Rose en se tournant vers Line.
– C'est une belle histoire en tout cas.
– Vous avez raison. Il faut se raconter des histoires. »

Sous terre, les histoires les avaient sauvées. Les avaient extraites de leur gouffre. Grâce aux histoires, elles avaient quitté leur enveloppe de chair.

Tap tap tap.
Tap tap tap.

Il fallait chasser la folie, ne pas la laisser s'infiltrer dans ce lieu où temps et lumière n'existaient plus. Oublier l'image du sang noir entre ses jambes. Oublier la terre en furie, folle de rage, ouvrant grand sa gueule avant de les avaler. Oublier qu'elles étaient là, dans le ventre, l'estomac de la bête. Englouties par cette chose sous les pieds des vivants qu'il leur fallait craindre, respecter comme s'il s'agissait d'un dieu.

Tap tap tap.

Alors elles parlaient. Parlaient sans fin pour lever l'obscurité. Les mots se mélangeaient au sable sur leurs lèvres asséchées. Ils remontaient de leurs ventres affamés, vides.

En bas, les histoires étaient des armures. Elles racontaient les images ancrées, les images de toujours, anciennes. L'enfance et les souvenirs enfouis remontaient, se bousculaient. Et elles les saisissaient, s'y laissaient emporter. Les histoires les maintenaient éveillées.

« Regardez-les ! Elles s'envolent ! »

Rose lui montrait du doigt les silhouettes noires dans le ciel, qui s'éloignaient vers l'horizon. Elle lui expliqua que les bernaches étaient les oies de l'automne, qu'elles arrivaient par milliers chaque année à la fin du mois de septembre. Leurs nuées noires traversaient le ciel, parcourant une route interminable depuis la Sibérie pour rejoindre l'île. Elles passaient l'hiver là, se nourrissant d'herbes marines avant de repartir. Certaines, trop faibles pour refaire le grand voyage, restaient.

« Ils sont libres en tout cas.

— Qui est libre, Rose ?

— Les oiseaux ! Ils vont et viennent où ça leur chante. Ils ne restent pas coincés sur un caillou au milieu de l'eau à attendre qu'un bateau vienne les chercher. »

Rose fronça les sourcils en regardant l'horizon.

« Ici, on vit au rythme des bateaux qui relient l'île au continent. Et, croyez-moi, certains jours, ils sont attendus comme le Messie ! Les tempêtes peuvent durer des semaines. On reste là, coupés de tout. Certains ne le supportent pas. Ça les rend fous.

— Des semaines... Coupés de tout. J'ai du mal à l'imaginer.

— On s'adapte. Et ça n'arrive pas si souvent après tout. »

En réalité l'île n'offrait jamais le même visage. Soumise aux humeurs du ciel et de l'océan, elle pouvait se figer des heures durant. Elle avait l'humilité et la force des résistants ; elle savait s'incliner face à un prédateur bien plus puissant qu'elle. Par gros temps, ses sols s'imprégnaient d'eau, de sel et de boue, sa terre se mêlait aux vagues, mais jamais elle ne se brisait.

Les paupières de Rose battirent comme de petites ailes blanches au-dessus de ses yeux vairons.

« Il y a une île dans l'archipel des Açores... Je ne me souviens plus de son nom, mais on dit qu'il y a un siècle de ça, chaque mois, ses habitants attendaient le *dia de vapor*. C'était un jour très particulier dans la vie des insulaires : le jour où le bateau venait les approvisionner. Ce jour-là, ils se déplaçaient tous et on raconte qu'ils étaient si nombreux à rejoindre le port que l'île se mettait à pencher d'un côté. »

Line visualisa un morceau de terre s'inclinant et basculant au milieu d'une eau grise.

« Suivez-moi ! Je vais vous montrer quelque chose », dit Rose en enfourchant son vélo.

« Ils construisent des digues. Ils disent que l'île est menacée, qu'elle risque d'être engloutie. À cause de la montée des eaux. »

Elles avaient atteint le milieu de l'île, là où la terre était la plus basse. Elles laissèrent leurs vélos et continuèrent à pied.

Devant elles se dressait un immense bloc gris, là où devait se trouver autrefois un chemin côtier. Line imagina les herbes prises dessous, asséchées, cassées.

Ces gigantesques blocs de béton avaient été posés là pour juguler l'élévation du niveau de la mer. Censés faire de l'île un roc insubmersible, ils parsemaient la côte de manière sporadique, renforçant ses zones les plus fragiles. Mais n'étaient-ils pas dérisoires, ces murs massifs, irréguliers, enrochements artificiels qui déchiraient le paysage ? Des tas de pierres amassées, prémices d'une catastrophe annoncée. Cette catastrophe ne naîtrait pas d'une faille profonde, de la fracturation de roches souterraines ou d'un seuil de rupture atteint, mais d'un phénomène plus insidieux, invisible à l'œil nu. Une montée lente, imperceptible – quelques centimètres par an, grignotés par la mer, volés à la terre.

« C'est d'une laideur ! souffla Rose. On dirait que rien ne leur suffit. Les hommes s'imaginent encore dresser la nature. La soumettre. Les tempêtes ne leur suffisent pas. Ils n'ont toujours pas compris. Ils construisent des barrages en béton armé. Mais ce sont des cabanes de paille ! »

Line revit Tokyo, ses immenses tours d'acier et de verre. Réduites en miettes. Pulvérisées.

« Ils élèvent des murs contre la mer et pendant ce temps, ils inondent leurs champs de saloperies. Combien de tonnes de glyphosate et d'autres merdes ? Tempêtes ou pas, tsunamis ou pas, tout ce qu'ils nous font bouffer finira de toute façon par nous achever. Alors à quoi bon ? »

Les yeux de Rose pétillèrent face à la digue qui défigurait son île. Elle aurait préféré que la mer se soulève, que cette digue soit arrachée, qu'elle rende les armes. Son île n'avait besoin d'aucun rempart. Elle devait juste s'adapter aux mouvements du monde.

« Vous verrez, Line, à quoi ressemble une tempête sur l'île. Une vraie belle tempête ! »

Line frissonna. Elle avait déjà eu son lot de tempêtes et elle n'était pas venue jusqu'ici pour se faire engloutir. Ou peut-être que si. Peut-être que ce serait cette tempête-là qui l'emporterait. Son *Big One*, ici, sur l'île.

Saki

Elles s'étaient engueulées, encore. Deux furies. Deux colères qui tournaient dans la maison, se confrontaient sans cesse, maintenant que le père n'était plus là pour créer une passerelle entre elles.

Pendant que sa mère s'agitait dans la cuisine, Saki s'était enfermée dans la salle de bains, à l'étage. Flacons ouverts et cotons sales traînaient sur le rebord de l'évier maculé de traces grises. Ce désordre la heurtait. Il abîmait les pièces de la maison. Saki s'était retenue de remettre de l'ordre, de jeter les cotons dans la corbeille, de ranger les produits dans le petit meuble sous l'évier. Chaque chose aurait dû être à sa place.

Jusqu'à ce que son père parte, chaque chose était à sa place.

Dans l'appartement tokyoïte aussi, il en était ainsi. Il y avait des règles, des consignes. Son père avait fixé les meubles aux murs et au sol. La table de la cuisine était solidement ancrée, les chaises également, si bien qu'il fallait se faufiler entre elles pour s'y asseoir. La fermeture des portes des placards renforcée par des verrous. Mais Saki était trop petite pour les atteindre, elle regardait ses parents ouvrir et fermer les verrous à chaque fois qu'ils prenaient quelque chose – assiettes, verres, biscuits. C'était pareil dans le salon et dans les chambres : la télévision était fixée à son meuble et le meuble fixé au sol, comme les tables de nuit, les placards et les lits.

Le père avait insisté : il ne devait y avoir aucun encombrement derrière les portes pour pouvoir les ouvrir facilement. Et il fallait éviter de les fermer. L'intimité ne devait pas leur faire oublier la prudence. Alors les portes restaient entrouvertes.

Enfin, il y avait toujours une lampe de poche dans les tiroirs des tables de nuit – ils avaient gardé cette habitude – et trois sacs d'urgence, prêts à être utilisés. Ceux-ci contenaient exactement ce que les consignes de sécurité conseillaient : une couverture de protection contre le froid, un K-way, une casquette, des boissons et de la nourriture énergétique en bâtonnets, une trousse de premiers secours (désinfectants, sparadrap et bandes), une lampe de poche, leurs passeports, de l'argent, un carnet d'adresses, des affaires de toilettes (brosse à dents, lingettes et papier hygiénique).

Saki connaissait les gestes à faire en cas d'alerte : s'abriter sous une table, se mettre en boule et protéger sa tête avec ses mains si elle était à l'intérieur, éviter de rester près des immeubles et chercher un endroit désert si elle était dehors.

Ses parents lui avaient dit : ici, nous sommes en sécurité, les immeubles se déformeront pour ne pas s'écrouler. Mais ils avaient aussi ajouté que cela dépendrait de l'endroit où ils se trouveraient au moment du séisme : tous les immeubles n'étaient pas conçus pour se déformer, certains étaient plus fragiles que d'autres. Qui décidait de ça ? avait demandé Saki. L'argent, avaient-ils répondu. Elle avait réfléchi un moment avant de les interroger de nouveau : ça voulait dire que certaines personnes étaient plus importantes que d'autres ?

Comme la plupart des Japonais, Saki avait été initiée aux risques des séismes et aux gestes de premiers secours. Elle avait appris tout ce qu'il fallait savoir à propos des tremblements de terre parce qu'ils vivaient là, tous les trois, et que ce risque faisait partie de leur monde : il y avait eu le grand séisme de 1923, dans le Kantō, qui avait décimé Tokyo et Yokohama.

C'était avant que les téléphones mobiles vendus au Japon soient équipés de systèmes d'alerte, avant que les applications déclenchent leurs avertissements dès les premières secousses. Mais les meilleurs gadgets du monde ne changeraient rien. C'était ainsi, c'était leur réalité. Saki avait appris cela en même temps qu'elle apprenait à marcher et à lire. Il lui fallait connaître le monstre, savoir qu'à chacun de ses pas c'était sur son dos qu'elle courait. Savoir aussi que le sommeil de ce géant était fragile et qu'à chaque instant il risquait de se réveiller. Connaître enfin la manière de lui échapper, à défaut de le dompter.

En bas, la porte de la maison avait claqué ; sa mère avait dû sortir. Sur le miroir de la salle de bains, Saki avait observé avec dégoût les traces de doigts, les traînées d'huile et de poussière, avant d'y voir, juste derrière, son propre reflet, flou, qui peinait à se stabiliser. Ses traits vacillaient, se déformaient. Elle n'arrivait pas à en saisir les contours exacts, à leur trouver une singularité, une identité propre.
Qui était-elle ?
Les mots de son père, quelques années plus tôt, dans le jardin d'hiver, lui étaient alors revenus :
Tu vois cet arc-en-ciel, ma sauterelle ? Tu vois ces couleurs, ce mélange ? Imagine, une couleur unique, quelle tristesse ce serait.
Son père lui montrant le cœur blanc du camélia entouré de sa corolle éclatante. Le mélange de l'opaline et du rose vif. Cette fleur était double, comme Saki.

Elle s'était regardée de nouveau dans le miroir et avait fermé à tour de rôle ses paupières, très vite. Le changement était subtil. Un noir juste un peu plus profond à gauche. Une lumière légèrement ambrée à droite, due au soleil qui entrait par la fenêtre de la salle de bains et éclairait son profil.
Droite. Gauche. Droite. Gauche. Elle avait chuchoté en même temps – *hāfu, hāfu, hāfu* –, ce mot dont elle avait eu

tant de mal à comprendre le sens car elle y avait toujours senti un puits de silence.

Au Japon, lorsqu'elle avait posé la question à son père, il avait soupiré et souri en même temps, essayant de lui expliquer ce que renfermait ce mot. *Hāfu*. Il s'était débattu, longuement, et ce qu'elle avait retenu de son discours, c'était une histoire de richesse, de mélange. Comme avec la fleur.

C'était une histoire de brisure, aussi. De faille.

Face au miroir sale, Saki avait recommencé : elle avait fermé ses yeux très vite, à tour de rôle. Droite. Gauche. Droite. Gauche.

7.

Depuis que Line vivait sur l'île, ses repères changeaient. Son corps aussi. Peu à peu il se calquait sur le rythme du soleil et des marées. Elle n'avait besoin d'aucun réveil ; avant sept heures elle était douchée et habillée, elle descendait dans le salon – une pièce sombre et imposante qui faisait office de salle de petit déjeuner. Elle remplissait une tasse de café, attrapait un morceau de pain et sortait, emmitouflée dans un gros pull. Elle allait s'asseoir sur le muret qui surplombait les rochers noirs et l'océan. Les pieds dans le vide, elle buvait son café en respirant l'odeur du sel et du sable mouillé, devinant plus bas les mouvements de l'eau et des oiseaux ; leurs silhouettes véritables n'apparaissaient que lentement, avec le lever du soleil.

Ce matin-là, la tasse tremblait dans sa main. Line s'était une nouvelle fois réveillée au milieu de la nuit, en nage. Malgré le temps, les cauchemars ne s'apaisaient pas, tout comme les questions qui ne trouvaient pas de réponses. Elle se disait quelquefois que venir ici avait été une erreur.

Elle aurait eu besoin de raconter à quelqu'un les images qui habitaient ses nuits. Mais le silence contrit, la gêne et la sollicitude forcée, Line les avait déjà lus dans les yeux de ceux qui cherchaient à l'aider. Elle ne voulait plus parler de ça, de ses séismes intimes.

Alors elle continuait à écrire, chaque jour, dans la chambre humide face à l'océan. Elle continuait à retranscrire ce qu'elle avait vécu là-bas.

Tap tap tap.
Tap tap tap.

En bas, la soif brûlante. Sa langue râpeuse comme du carton. Sa peau qui se fissurait comme la terre. Dans l'air confiné de leur grotte, leurs chairs assoiffées, atrophiées. L'air sec et aride mélangé au sable, elle pouvait encore le sentir. À son seul souvenir éprouver la nausée, sentir la bile acide remonter vers sa gorge.

Sous terre, Saki lui parlait de l'océan, de l'île avalée par les marées. Et Line s'abreuvait de ses mots. En l'écoutant, elle étanchait sa soif démesurée, inhumaine. Elle buvait l'énergie des vagues et des pluies. Plongeait sous la nappe sombre des marais, dévorait leur liquide trouble, amer. L'eau. L'eau liquide. Il lui semblait n'avoir jamais rien désiré d'autre.

Depuis combien de nuits étaient-elles là ? À cause de la soif et de la faim, des lumières dansaient devant ses yeux. Elle s'endormait. Rêvait. Dans l'obscurité elle voyait la silhouette de Thomas et elle ne savait plus si c'était réel. Il s'approchait, prenait son visage dans ses mains et l'embrassait. Ses lèvres étaient si fraîches, si douces. Elle buvait sa salive.

Tap tap tap.

Derrière les coups, tout à coup, elle avait entendu des cris. On l'appelait. *Line ! Il pleut, Line ! Il y a de l'eau !* C'était Saki qui hurlait, qui riait tout près d'elle. Mais elle ne voulait pas l'écouter, pas maintenant, elle voulait rester encore un peu avec Thomas. Sur leur lit de sable.

Il pleut, Line ! Elle avait senti le contact de l'eau. Tout à coup sur ses doigts. Sur ses lèvres. L'eau qu'elle avait léchée, lapée comme un petit animal affamé. L'eau qui coulait le long de la fissure. Mêlée à la poussière.

Ses souvenirs remontaient, encore et encore, la submergeant parfois. Sa mémoire se réparait, comme un membre qui cicatrise. Mais les dernières heures restaient floues. Parfois il semblait à Line qu'à la fin Saki s'était tue, que plus rien n'était venu après. Seulement un silence interminable jusqu'à ce qu'on les sorte de terre. Et le souvenir de ce silence l'emplissait d'effroi.

Puis elle se ressaisissait, elle se convainquait que c'était elle-même, épuisée, qui avait fini par plonger dans un sommeil trop profond. Elle qui s'était endormie et n'avait plus entendu les mots de Saki.

Puis il y avait eu l'hôpital, on les avait emmenées chacune dans un lieu différent et il leur avait été impossible de se retrouver.

Saki était en vie, Line le sentait, elle en était certaine. Bientôt elle viendrait et, grâce à sa voix, Line la reconnaîtrait.

Elle fut extraite de ses pensées par Adam qui revenait, chargé d'une bassine pleine. « La pêche du jour ! » annonça-t-il en lui montrant un tas de couteaux enchevêtrés. Il lui proposa de les préparer et de les déguster ensemble, le soir même, lui donna rendez-vous à vingt heures dans le salon et repartit aussitôt.

À la nuit tombée, dans la chambre mansardée du gîte, Line enfila un jean et une chemise. Elle s'observa dans le miroir tandis qu'en bas résonnaient les bruits coutumiers – pas traversant le salon, tasses s'entrechoquant, cafetière ronronnant et, comme émergée d'un brouillard, la toux masculine. Elle brossa ses cheveux et déposa une touche de brillant sur ses lèvres. Son ventre se serra, elle ferma les yeux, écoutant encore les bruits qu'Adam laissait derrière lui, espérant que ceux-ci l'apaisent, qu'ils déposent un baume sur son cœur. Puis la sonnerie d'un portable résonna et il répondit, de sa voix grave. Une voix qui ne lui serait jamais familière. Elle rouvrit les yeux et elle n'aima pas ce qu'elle voyait dans le miroir. Elle passa le dos de sa main sur ses lèvres pour effacer le gloss, retrouver sa peau et ses lèvres nues, et elle descendit.

À vingt heures, Adam retroussa ses manches et prit possession de la cuisine. Elle le regarda rincer soigneusement les couteaux, les égoutter et les laisser sécher tandis qu'il faisait chauffer de l'huile dans une poêle, découpait finement une gousse d'ail et y mêlait des herbes. Il cuisinait des choses simples, avec délicatesse et patience, comme l'avait fait Rose la première fois que Line avait été son invitée.

« Depuis combien de temps vivez-vous sur l'île ?
– Pas loin de trente ans. J'ai grandi là, et dès que j'ai pu, j'ai décampé. Quand on est jeune, on a envie de voir du pays. Mais j'ai fini par revenir. L'île vous rappelle, on ne la quitte pas comme ça ! »

Il saupoudra de fleur de sel la chair qui mijotait dans la poêle.

« Vous devez connaître tout le monde ici ? »

Il remplit deux verres de sancerre et lui en tendit un.

« À peu près oui ! En tout cas, les anciens…
– Par hasard, connaissez-vous la maison en bois derrière les dunes au bout de l'île ? Pointue. Sur deux étages. Elle ressemble à une espèce de cabane.
– Pourquoi elle vous intéresse ? »

Il jeta le torchon sur son épaule et attrapa une cuillère. Line rougit en regardant ses mains épaisses remuer méticuleusement le contenu de la poêle.

« On m'a dit pour ce couple, pour le père...
- Qui vous a...
- Je l'ai appris au cours d'une conversation avec la boulangère. »

Il baissa le feu avant de continuer.

« Une sale histoire, oui.
- Et savez-vous ce qui...
- Il était paludier. Ça lui arrivait de passer des nuits entières dehors. Un soir, il n'est pas rentré du tout. L'île a été fouillée. Il y a eu des battues, les hommes ont tout ratissé. On en a parlé pendant des mois. On a spéculé. Certains racontaient qu'il s'était noyé, d'autres qu'il avait filé, que tôt ou tard ça devait arriver. Et puis un jour, on l'a... Tenez. »

Il remplit de nouveau le verre de Line.

« Et comment s'est finie l'histoire ?
- Mal. »

Il posa les assiettes fumantes sur la table.

« Et leur fille ? Ils avaient une fille, n'est-ce pas ?
- Oui, ils avaient une fille. Mais en quoi ça vous...
- Vous savez ce qu'elle est devenue ?
- Aucune idée. Ça fait belle lurette qu'elle a décampé. Bon, on les mange, ces couteaux ? »

La discussion était close. Il ne dirait rien de plus. L'histoire appartenait à l'île, elle resterait enfouie ici, à l'ombre de cette terre.

Ils s'assirent côte à côte devant la longue table en bois, au milieu des chaises vides. Line se demanda s'il arrivait que le gîte soit plein. Elle imagina de grandes tablées bruyantes les soirs d'été.

Adam lui expliqua comment il avait transformé une partie de la vieille maison familiale. À la mort de sa mère, le père s'était installé sur le continent, la vie y était moins rude, les soins plus accessibles. Adam n'avait pas voulu se séparer de la maison de son enfance, mais il n'avait pas les moyens de l'entretenir seul. Et louer des chambres lui faisait un peu de compagnie, surtout l'hiver, même si les touristes étaient rares en cette saison.

« Une maison comme ça s'abîme, répéta-t-il. L'air de l'océan ronge tout. Il y a toujours un truc qui lâche. »

Line l'écouta parler tuyauterie, rénovation, fuites d'eau et charpente en sentant son corps s'engourdir lentement.

« Et vous ? »

Elle sursauta.

« Vous êtes hôtesse de l'air, c'est ça ?

– C'est ça, oui. Mais pas en ce moment. Je fais une sorte de pause.

– Vous avez dû en voir, du pays.

– Pas mal, oui.

– C'est drôle. Vous pouvez voyager où vous voulez et vous décidez de venir ici, dans ce coin paumé.

– C'est drôle, oui. »

Line sentit sa tête s'alourdir, fatiguée à l'idée de devoir se justifier. Elle se leva pour attraper la bouteille. Il la prit avant elle et la servit. Il la frôla en se rasseyant et elle respira l'odeur de sa sueur, mêlée à un parfum poivré. Elle pouvait sentir la chaleur de son corps, tout près du sien.

« Au fait, je voulais vous demander...
– Oui ?
– Je vais peut-être prolonger mon séjour ici. Je ne sais pas exactement pour combien de temps. Pourrez-vous me garder la chambre le temps que je me... »

Elle se laissa aller contre lui en disant ces mots.

« Vous avez peur que la chambre soit prise ? »

Il éclata de rire.

« Y a pas un chat ici ! Ne vous inquiétez pas, aucun bus de touristes ne va débarquer demain ! »

Elle n'aima pas son ton moqueur. Elle avala d'un trait le reste de son verre.

« Faut que j'y aille. Je suis fatiguée. »

Il s'excusa, insista pour qu'elle reste encore un peu, mais c'était mieux ainsi, Line avait bu et ses idées se brouillaient. Elle cherchait peut-être seulement des bras, un corps pour combler le manque. Elle se flouait.

Lorsqu'elle referma la porte de sa chambre, les ombres familières revinrent la cerner. Glacées, menaçantes. Avant qu'elles la submergent, Line se glissa habillée sous les draps avec le fol espoir de leur échapper. Mais ces ténèbres-là avaient des mains qui ne lâchaient leur proie que lorsqu'elles l'avaient vidée de sa substance. Alors elle ferma les yeux et laissa le froid, l'obscurité se répandre en elle, le désir repartir, quitter son corps glacé.

Tap tap tap.

Sous terre, son corps réduit à ses fonctions organiques. Ventre. Bouche. Vessie. Tête. Crampes. Migraines. Membres hurlants. Depuis Tokyo, le désir s'était éteint.

Mais ce soir, sur l'île, quelque chose était revenu l'habiter – une vague chaude, ondulante dans son ventre. Cela signifiait qu'il existait désormais une brèche en elle, par laquelle le désir pouvait de nouveau s'engouffrer.

Saki

Le vent avait soufflé, soufflé. Toute la nuit, il avait joué avec les lattes de bois, sifflé dans les fentes, les interstices, empêchant Saki de dormir.

Elle était descendue dans la cuisine se servir un grand verre de lait, puis était sortie dans le jardin, couverte de sa longue chemise de nuit blanche. La terre spongieuse faisait un bruit de succion sous ses pieds nus, ses orteils glissant sur l'herbe mouillée, s'enfonçant et rencontrant des morceaux durs, débris de bois pris dans la boue qui éclaboussait le bas de sa chemise de nuit, mais Saki s'en moquait.

C'était pareil après chaque tempête, elle était presque étonnée de trouver la maison debout, qui continuait de résister au milieu du jardin. Intacte. Cette maison était la preuve vivante que les choses les plus périssables pouvaient révéler une force surprenante.

Saki s'était appuyée contre le tronc du grand chêne. Sa main droite serrant le verre de lait, la gauche glissant sur la mousse humide du tronc, caressant son écorce. Ses yeux n'arrivaient pas à fixer un élément précis, ils naviguaient entre les fougères, les herbes folles au pied des murs, les lézards grimpant le long des lattes, les nuages derrière le toit balayés par le vent, la branche tordue du chêne où était accrochée la balançoire. Ses cordes usées pendaient encore, mais rien ne subsistait du siège en bois.

Depuis longtemps, elle n'avait plus l'âge de jouer à la balançoire.

Tu voles, ma sauterelle !

Petite, elle avait jubilé quand les bras de son père la poussaient vers le haut.

Il avait ramené avec lui les effluves des marais, mais sur sa peau, ceux-ci finissaient par s'atténuer, par se mélanger à son odeur à lui. Il lui tendait les mains. Dans ses paumes, la précieuse plante des marais : la salicorne.

Goûte, ma sauterelle. Elle ouvrait la bouche.

Saki détestait le goût marin, salé de la salicorne ; elle la recrachait discrètement, dès que son père avait le dos tourné.

Ce matin-là, il lui avait semblé tout à coup aberrant que la maison continue de vivre sans lui, que ses murs échappent à son départ. La même question tournait dans sa tête depuis des semaines, des mois : *quand reviendra-t-il ?*

Puis elle avait vu sa mère qui sortait à son tour de la maison, son pantalon enfoncé dans des bottes en caoutchouc. Celle-ci avait traversé le jardin et s'était accroupie au-dessus d'une bande de terre le long du mur. Une étrangère, cette mère au visage impassible, où désormais rien n'affleurait. Aucune tristesse. Aucune colère.

Un instant, Saki s'était imaginée courir vers elle, la prendre par les épaules et la secouer de toutes ses forces en lui demandant comme ça, de but en blanc : *ça ne te fait donc plus rien, son départ ? Tu l'as oublié ? Déjà ?!*

Mais Saki était restée là, les pieds plantés dans la terre humide, elle avait bu le lait à grandes gorgées, affamée, laissant le liquide sucré couler sur son menton, son cou, tremper sa chemise de coton.

Dans sa tête, grondait sa fureur : *c'est ta faute. Tout est de ta faute.*

8.

Comme Rose l'avait annoncé, il y eut les *vives eaux* : une marée exceptionnelle pendant laquelle l'estran se découvrit sur une telle distance que Line songea à la possibilité de rejoindre le continent à pied.

Rose lui avait expliqué que, avec cette amplitude de marée, les pêcheurs trouvaient des crustacés et des poissons vivant à des profondeurs d'ordinaire inaccessibles. Line regarda le jour se lever. En se retirant loin, la mer avait fait apparaître des rochers noirs et lisses, polis par les poussées incessantes du flux et reflux. Ils ressemblaient à des corps repliés sur eux-mêmes. Des corps aux chairs glabres, lentement exfoliées par les mouvements de l'océan.

Peut-être que la mer pouvait faire ça : effacer chaque morsure, chaque minuscule plaie, jusqu'à ce qu'il ne reste sur la peau aucun point d'accrochage, aucune retenue. Tout glisserait alors sur le corps. Tout deviendrait insignifiant. Léger.

Line gagna la pointe nord de l'île en traversant les marais, le long de chemins de terre si minces qu'il lui semblait rouler sur l'eau. Là se dressait le phare de l'île, dominant une plage de galets impraticable à marée haute.

Elle attacha son vélo et entra dans le phare. Recula en découvrant la ronde des marches dont on ne voyait pas la fin. Puis elle attaqua la montée à un rythme rapide. À mi-parcours, elle commença à ralentir, pestant contre le phare, la mer et l'île en général.

Elle se tenait maintenant au sommet du phare. Courbée en deux, elle reprenait son souffle. La vue était magnifique. À droite l'île formait un croissant de sable boisé, ponctué de villages blancs, d'îlots vierges et de zones marécageuses. Devant elle, l'océan à perte de vue, sillonné d'ailes blanches.

Rose lui avait dit qu'autrefois les baleines venaient souvent s'échouer de ce côté de l'île. C'était beaucoup plus rare maintenant, mais certains jours on pouvait les apercevoir au large.

Line mit ses mains en visière devant ses yeux et fouilla l'horizon. Le vent salé fouettait son visage, elle lécha ses lèvres et goûta les embruns.

Elle pensa à Thomas, elle aurait aimé lui faire découvrir l'île. Elle y songeait parfois : l'appeler, lui dire de la rejoindre. Elle l'imagina débarquer là, flottant dans ses vêtements de ville. Dans ce lieu si différent de celui où ils vivaient, peut-être arriveraient-ils à se parler.

Thomas, si prolixe face à ses élèves, si mesuré quand il s'agissait de communiquer avec sa femme. Réticent à tout véritable échange. Face à une classe, il savait disserter, il ciselait ses mots, travaillait leur sonorité, leur sens. Mais il semblait incapable de laisser cette poésie infiltrer leur vie.

Elle repensa à leur rencontre, des années plus tôt. À cette soirée dans un bar du Marais, un lieu où ils n'étaient jamais retournés – un sous-sol sombre, aux murs de pierre humides. Cet endroit existait-il encore ? Elle aurait aimé y revenir et les retrouver là, Thomas et elle, dansant encore au milieu de la foule. Dansant ainsi depuis des années, serrés l'un contre l'autre, ignorant le temps s'écoulant autour d'eux.

Line avait vingt-quatre ans. Thomas, vingt-huit. Elle était venue le rejoindre dans ce bar où l'un de ses amis fêtait son anniversaire. À l'entrée, on lui avait enroulé, comme à tous les autres, un tube fluorescent autour du poignet. L'atmosphère était irrespirable, la salle pleine à craquer.

Elle avait cherché Thomas, si nerveuse à l'idée de le revoir qu'elle avait failli faire demi-tour. Puis elle avait fini par l'apercevoir, accoudé au comptoir. Elle avait profité du fait qu'il ne la voie pas pour observer sa grande silhouette voûtée, ses cheveux formant une auréole sombre autour de son visage, son expression lointaine. Il affichait une sorte de lassitude.

Lorsqu'elle l'avait rejoint, il s'était animé.

Ils s'étaient mêlés aux danseurs qui, en faisant bouger leurs bras, traçaient dans le noir des milliers de filaments lumineux. Elle devinait le sourire de Thomas dans l'obscurité. Il l'avait enlacée, tandis que les lumières s'agitaient autour d'eux.

À quel moment s'étaient-ils réellement éloignés ?

La veille de son départ pour Tokyo, lorsqu'elle s'était aperçue qu'elle était enceinte, Line avait longuement détaillé les deux lignes roses qui s'affichaient sur la barre du test, et à son bonheur s'était mêlé autre chose. L'envie de garder jalousement cette nouvelle pour elle, le temps de l'apprivoiser.

Elle parlerait à Thomas à son retour de vol. C'était à ça qu'elle avait réfléchi en se promenant dans Tokyo quelques heures avant le séisme. Aux mots qu'elle choisirait.

Mais à son retour, tout avait changé.

Et si elle n'avait pas attendu ? Si elle avait informé immédiatement la Compagnie comme les hôtesses sont censées le faire dès le début d'une grossesse ? Ces questions, Line se les posait depuis des mois.

Aurait-elle pu éviter le drame ? Comment les choses avaient-elles dérapé ? Était-ce une question de hasard, ou de négligence ?

Elle imagina ce que seraient leurs retrouvailles, ici, sur l'île. Conciliantes au départ. Line parlerait à Thomas comme rarement elle l'avait fait ces derniers temps. Sans doute l'écouterait-il, ou peut-être ferait-il semblant. Il hocherait la tête en remontant ses lunettes sur son nez.

Puis ses défenses tomberaient. D'un ton arrogant, il lui demanderait :

« Tu vas faire ça combien de temps ?

– Quoi, ça ?

– Tout ça ! crierait-il. Cette île paumée ! Ne me dis pas que...

– J'ai tout ce dont j'ai besoin ici. »

Il prendrait son air indigné en même temps qu'une bourrasque de vent soulèverait sa capuche.

« Tout ce dont tu as besoin ? Quoi, les mouettes, les...

– Tu ne comprends pas parce que tu n'es pas d'ici.

– Ah, parce que toi... »

Il éclaterait de rire, mais il s'arrêterait à temps. Il ne serait pas venu jusqu'ici pour critiquer ses choix, incompréhensibles pour lui.

Il ne lui poserait à aucun moment la question la plus essentielle : et nous ?

Dans son regard, elle ne lirait que reproches et colère : « Tu es partie si vite, Line. Tu as disparu de la circulation sans prévenir. Tout laisser derrière soi comme ça ! »

Et il aurait raison. Mais comment lui expliquer qu'elle n'avait pas pu faire autrement ? Comment lui dire sans le blesser : *Je suis bien là. Vraiment. Ne t'inquiète pas pour moi. Tout est différent ici. Je peux réapprendre à vivre.*

En fin d'après-midi, au moment où elle rentrait, le temps se gâta. Mêlé aux embruns et à la pluie qui s'était mise à tomber sans discontinuer, le vent soufflait en rafales. La maison se trouvait sur sa route et Line s'arrêta pour s'y abriter. Elle frappa. Lorsque Rose la découvrit trempée devant sa porte, un sourire éclaira son visage.

« Je crois qu'un thé chaud vous fera du bien. »

Rose la fit entrer, lui dit de se déshabiller et monta chercher des vêtements secs.

« Tenez. Vous êtes grande, je n'ai rien de votre taille, mais je crois que ça fera l'affaire. »

Line se déshabilla rapidement et attrapa la couverture que la vieille femme lui tendait.

Les yeux de Rose se posèrent alors sur sa gorge, descendirent plus bas. Ses sourcils se froncèrent, creusèrent un sillon profond sur son front. Elle avança la main vers le tatouage qui s'étalait entre les seins de Line.

« Qu'est-ce...

— Namazu, chuchota Line, comme si elle craignait de réveiller des monstres.

— Namazu, le poisson-chat ? Vous connaissez cette légende ? » souffla Rose.

Line rougit et s'enroula dans la couverture. Elle lut dans le regard de la vieille femme les questions qui la traversaient : qui es-tu donc ? Pourquoi es-tu là ?

Line aurait aimé partir sur-le-champ, remettre ses vêtements mouillés et quitter la maison. Oublier le regard de Rose posé sur son tatouage.

Mais la vieille femme la pressa :

« Venez. Il faut vous réchauffer ! »

Elles se retrouvèrent assises dans le jardin d'hiver, Line trempée et nue sous la couverture que Rose lui avait donnée. Le jour commençait à décliner, baignant la véranda d'une lumière bleue tandis que Rose interrogeait Line. Tout à coup il lui fallait comprendre les raisons qui avaient poussé la jeune femme à venir là, sur l'île.

Pressée par les questions de Rose, Line lui raconta son arrivée, après un *accident* qu'elle avait vécu quelques mois plus tôt. Elle lui parla de la sensation qu'elle avait encore de sortir d'une longue nuit blanche et d'être un peu ivre. Le monde – ses lumières et ses bruits – la heurtait parfois et elle avait l'impression permanente d'être éblouie. Mais le paysage plat de l'île, sa lumière basse la soulageaient.

Rose l'écouta avec attention et insista. Cet *accident*, s'en était-elle finalement remise ?

« Pas tout à fait. Mais il le faut… On m'a donné une chance. Une chance que je dois saisir », répondit Line, timidement, tandis que le chat dessinait des courbes autour d'elle, des circonvolutions sans fin qui lui faisaient penser à ses propres mots, à leurs longs détours.

« Une chance ? » insista Rose.

Alors Line finit par raconter le séisme de Tokyo.

« J'étais là-bas », dit-elle, tandis que Rose se redressait, nerveuse, son vieux corps tendu en avant.

« Vraiment ? Vous étiez à Tokyo ? »

Le chat huma l'air, recula avec un mouvement de tête craintif et se carapata dans la maison pendant que Line racontait ses heures sous terre, seule. Huit jours et huit nuits de solitude totale, pendant lesquels elle n'avait pas été certaine d'être vivante encore.

« Je n'ai pas compris tout de suite l'impact que cet événement aurait sur ma vie. C'était un miracle, c'est ce que tout le monde répétait, alors j'ai fini par y croire. Le reste est venu plus tard. Être une survivante se paye. D'une manière ou d'une autre, on le paye. »

Lors du séisme, certains pans de la ville avaient résisté, d'autres s'étaient effondrés. Il faudrait des mois, des années de reconstruction. Un lent rétablissement, comme celui d'un corps qui guérit : la ville nourrie, perfusée, réparée, cicatrisée, ses lignes et ses canalisations souterraines rétablies, ses venelles et ses voies pansées pour que l'énergie puisse de nouveau y circuler librement.

Il lui arrivait souvent de penser à Tokyo de cette manière. Elle et la ville se tenaient chacune à un bout du monde, encore flageolantes. Lentement elles se relevaient. Même si Line avait parfois l'impression qu'elle était encore là-bas, qu'une partie d'elle était restée figée dans ses abîmes, graduellement son corps se redressait, pendant que de l'autre côté de la terre, dans la grande ville verticale, repoussaient les immenses tours de verre.

Line. Tokyo. Toutes deux tendaient leur cou vers le ciel.

Saki

Comme toutes les enfances, celle de Saki regorgeait d'histoires de héros, de princesses et de monstres. L'un des monstres, le plus présent, le plus bavard, était resté au Japon lorsqu'elle avait rejoint la France.

Ce monstre de son enfance s'appelait Namazu. C'était un poisson-chat géant qui vivait dans les profondeurs de la terre. Le Japon, qui reposait sur son échine, redoutait ses réveils : d'un mouvement brusque ou d'un simple frétillement de sa queue, Namazu pouvait ébranler l'Archipel. La légende disait que les séismes naissaient de ses colères.

C'était une vieille légende que lui avait racontée son père et quand Saki courait, du haut de ses six ans, elle craignait que ses pieds ne chatouillent Namazu. Peut-être était-ce pour cette raison – pour ne pas réveiller le monstre – qu'elle avançait en bondissant, comme une sauterelle.

Le père de Saki craignait Namazu. Mais il le respectait aussi. Il disait que ses colères étaient quelquefois légitimes. Car, dans les profondeurs abyssales de son royaume, le poisson-chat géant était forcément dérangé, agacé par le bruit des hommes. Peut-être était-il fatigué de leur vacarme ? Peut-être voulait-il les punir de leur orgueil ? Rendu nerveux, il se retournait dans son sommeil et ses mouvements impatients bousculaient la terre.

La nature était généreuse, pleine de ressources, mais elle était aussi vulnérable et limitée, contrairement à ce que les hommes semblaient croire. Alors Namazu rendait les coups.

Le père de Saki lui avait aussi raconté ce qu'il savait au sujet des poissons-chats : ceux-ci avaient la capacité de pressentir les réveils de Namazu. Leur peau nue, sans écailles, était ultrasensible. Grâce aux milliers de cellules sensorielles qui recouvraient leur corps, ils sentaient venir les secousses, ils savaient anticiper les catastrophes.

Plusieurs vieux récits sur les séismes d'Edo et de Tokyo relataient que, juste avant que la terre tremble, les poissons-chats avaient fait des bonds à la surface des étangs. Leurs comportements étranges auraient pu tenir lieu d'avertissement si les hommes les avaient écoutés. Le poisson-chat était un protecteur pour qui savait l'observer.

Saki avait dix ans et, sous ses yeux, mille ombres filaient dans les eaux saumâtres lorsqu'elle longeait les zones marécageuses de l'île. Les poissons-chats étaient-ils là, dans les eaux tièdes, posés sur la vase, attendant que la nuit tombe pour rejoindre les courants hauts ?

Non, il fallait se rendre à l'évidence : l'île était trop loin du Japon. Beaucoup trop loin pour que les poissons-chats puissent sentir les mouvements précédant les réveils de Namazu.

L'île était trop loin de tout.

9.

C'était un dimanche, mais Line décida de passer chez Rose. Elle repensait à la discussion qu'elles avaient eue la veille dans la véranda, au trouble de la vieille femme lorsque Line s'était déshabillée, révélant le tatouage entre ses seins.

Être une survivante se paye. D'une manière ou d'une autre, on le paye.

Elles s'étaient quittées sur ces mots et, depuis la veille, Line pensait au regard de Rose sur sa peau.

Line monta les trois marches du vieux perron et frappa à la porte, sans résultat. Elle frappa de nouveau, plusieurs fois, jusqu'à ce que Rose vienne lui ouvrir.

« Tout va bien ? » demanda Line en découvrant son visage pâle.

D'une main tremblante, Rose tenait la porte entrebâillée, la maintenant entre elles deux.

« Tout va bien. Que faites-vous là ? Ce n'est pas votre jour de... »

Rose n'eut pas le temps de finir sa phrase. Son corps flancha tout à coup. Elle eut un mouvement de retrait soudain, et laissa échapper la tasse qu'elle tenait dans son autre main. Line rattrapa la vieille femme et lui dit de s'appuyer contre elle. Elle l'accompagna jusqu'au salon et l'aida à s'asseoir. Les années semblèrent tout à coup peser sur les épaules de Rose.

« Vous êtes brûlante », dit Line.

Elle épongea le thé, ramassa les morceaux de porcelaine brisée sur le sol de l'entrée.

« Avez-vous de la famille, quelqu'un que je pourrais appeler ? »

Rose lui répondit avec une pointe d'agacement que tout allait bien, qu'elle était juste fatiguée : la pleine lune l'avait empêchée de dormir la nuit précédente. Il n'y avait rien de nouveau à ça, c'était la même chose depuis toujours, à chaque pleine lune elle courait après le sommeil.

Comme Line insistait, Rose la fit taire tout à coup. Ses yeux vairons la sondèrent.

« Vous feriez une merveilleuse infirmière », dit-elle.

C'est comme ça que Line passa sa première nuit dans la maison, au chevet de Rose.

Vous feriez une merveilleuse infirmière. Il avait suffi de cette demande de Rose, cette assertion, pour que Line vienne s'installer là, dans la maison brune.

Était-ce la géographie restreinte de l'île qui avait permis ça ? Auraient-elles pu se rencontrer autre part, dans un autre monde, plus vaste ? La confiance se serait-elle instaurée si rapidement entre elles ?

Quelques heures s'étaient écoulées depuis le malaise de Rose. Line avait insisté pour que celle-ci reste allongée le temps qu'elle aille récupérer quelques affaires au gîte. La vieille femme avait fini par s'endormir. Line observa son visage pâle, fiévreux, son corps menu qui se dessinait sous les draps. Elle referma la porte de la chambre et se retrouva seule face au silence de la maison. Enveloppée par la nuit et par l'océan, celle-ci semblait définitivement coupée du reste du monde – la maison au cœur de l'île, l'île au cœur de l'océan.

Line pénétra dans la petite chambre où Rose avait insisté pour qu'elle dorme. Elle ouvrit la fenêtre et scruta la nuit, les formes oblongues des pins dans le jardin qui s'étendait sous le ciel noir, s'effaçant juste avant d'atteindre l'océan. Elle referma la fenêtre, s'assit sur le matelas et observa la commode en bois, les lézardes et les traces d'humidité sur les murs, l'auréole jaune sous la fenêtre.

Elle s'allongea, ferma les yeux, écouta le bruit lointain des vagues, le sifflement du vent à travers les branches du grand chêne. Elle essaya d'imaginer ce que c'était de vivre ici, de grandir dans cette maison cernée d'eau. Elle pensa à la petite robe noire pendue dans l'armoire, à un corps jeune, débordant de vie, l'enfilant dans cette chambre nue, tournoyant devant le miroir, face à la fenêtre ruisselante de pluie, au paysage et au ciel muets, face à la nappe insondable de l'océan.

Le corps mince dansa dans la robe noire, dansa longtemps sous les paupières fermées de Line. Elle oublia où elle se trouvait.

De nouveau Line était là-bas, dans la cour, devant l'atelier de Mlle Pedrin. C'était l'année de ses seize ans, quelques mois après que la tôle avait entaillé sa chair, quelques mois après les broches dans la peau, les bandages, les cicatrices, les crampes et les affres de la rééducation.

Un jour, elle n'avait plus tenu, elle s'était rendue à son ancienne école de danse. C'était cruel, elle le savait, mais elle en avait besoin. La danse lui manquait. Elle voulait sentir les odeurs des vestiaires, écouter les bruits – musiques, frottements des chaussons sur le parquet, craquements des os, bruissements des tissus, martèlements des corps qui retombent.

Elle avait tourné un moment dans le quartier en attendant la fin du cours auquel elle se rendait avant chaque semaine. Elle avait envie de les regarder. Regarder ses amies, ces jeunes filles maigres aux cheveux tirés qui ressemblaient tant à celle qu'elle avait été. C'était comme un miroir dans lequel elle se serait retrouvée. Malgré le genou, c'était leur moment encore. Elles devaient rester soudées, comme lorsqu'elles dansaient ensemble, rivales et envieuses dans leurs corps de presque-femmes. Chignons, chaussons, collants, regards volontaires et nuques fragiles. Indissociables. Alors Line était revenue les chercher.

Elle était arrivée essoufflée, un peu avant la fin de la leçon, et les avait observées par la porte entrebâillée, qui travaillaient, s'usaient dans une danse laborieuse et magnifique. Elles virevoltaient tandis que, haletante, Line restait clouée au sol.

Elle n'avait jamais oublié la violence de ses sentiments ce jour-là, alors que, figée derrière la porte, elle regardait s'agiter d'autres corps que le sien. Elle observait ses amies – celles avec qui, très vite, elle romprait les liens – et dans son regard des ombres passaient, racontant ce qui lui serrait le cœur : le mélange de fascination, d'envie et de rancœur qu'elle ressentait face à leurs corps devenus hostiles.

La porte de la chambre grinça et le chat miaula tout près d'elle. Line sursauta, se releva, effaça la forme de son corps sur le matelas, honteuse tout à coup de ce qu'elle était : une intruse, fouillant les pièces de la maison à la recherche d'une intimité qui ne lui appartiendrait jamais.

En bas, elle se servit un verre de vin en tentant d'ignorer les ombres dans le jardin d'hiver. Dans l'obscurité, les formes des arbrisseaux et des longues lianes se confondaient avec des silhouettes humaines. Elle but une gorgée, espérant que l'alcool l'apaise.

Dehors le vent soufflait en rafales, de plus en plus fortes et régulières. Ils avaient annoncé une tempête à venir et, dans l'esprit échauffé de Line, les mots de Rose se mêlaient à ceux de Saki : *tu verras ce que c'est qu'une vraie tempête sur l'île !*

Elle frissonna.

Vers minuit, elle se coucha dans ses vêtements sur le lit de la petite chambre dont elle n'avait osé défaire les draps. Dehors, le ciel se déchaînait, les éclairs illuminaient par à-coups la chambre, révélant la commode sur laquelle étaient posés ses vêtements, l'armoire et le miroir où se reflétait la fenêtre. Line se concentrait sur l'ordonnancement de ces modestes éléments dans la pièce pour ne pas penser aux bruits venant de toutes parts. Les branches des arbres prises dans les bourrasques frappaient contre les carreaux et leurs coups se mêlaient à la rumeur des vagues se cassant sur le rivage. Line eut tout à coup l'impression de se trouver sur un bateau et de sentir sous elle les mouvements de l'eau.

Au milieu du vacarme, elle finit par entendre un autre son, persistant, une sorte de grattement. Dans l'obscurité, tout se confondait : l'orage et cet autre bruit, qui grossissait et revêtait différentes formes – frottements d'un ongle contre une porte, bruits de pas ou glissement d'un corps sur le sol. Line pensa à la pièce noire sous l'escalier, elle imagina des centaines de rongeurs, des milliers de petites dents grignotant la porte. Elle se recroquevilla sur le lit.

Au moment où elle ressassait ça – ses peurs nouvelles, indépassables –, le bruit cessa subitement.

Elle se leva, marcha sur la pointe des pieds jusqu'à la chambre de Rose. Entrouvrit la porte et écouta la respiration sifflante. Puis elle s'enferma dans la salle de bains où elle s'aspergea le visage d'eau glacée. Dans le miroir, elle observa ses yeux gonflés, sa peau qui commençait à perdre ses reflets grisâtres depuis qu'elle avait quitté Paris. La pâleur s'atténuait – cette pâleur qu'ont ceux qui se nourrissent du sang des autres. Il lui sembla même que ses joues retrouvaient une certaine rondeur.

Elle éteignit la lumière et allait regagner la chambre lorsque le bruit recommença en bas. Elle resta immobile dans le couloir de l'étage, incapable de bouger. Elle pensa à ses terreurs anciennes, ses cauchemars de gamine, et à ceux, plus récents, qui continuaient de l'assiéger, même ici. Scrutant l'obscurité, Line imagina la porte sous l'escalier s'effondrer, entièrement dévorée, libérant les rongeurs qui monteraient ensuite jusqu'à elle et s'attaqueraient à son corps, de la même manière que le souvenir des mouvements de la terre la dévorait de l'intérieur, lentement.

Depuis Tokyo, l'obscurité restait une menace.

Là-bas, tout était devenu sombre après son sauvetage et son retour à la lumière. La ville semblait avalée par la nuit. Les panneaux publicitaires, les grands écrans de Shibuya et les enseignes des *combini* étaient éteints, les escalators immobilisés, et un couvre-feu avait été instauré. Chaque jour, l'électricité était coupée pendant trois ou quatre heures dans toute la ville, plus rien ne fonctionnait. Dans ces heures noires, les lampions éclairaient à peine les venelles étroites tandis qu'à la nuit tombée, les silhouettes couraient comme des animaux en chasse à la recherche de denrées devenues rares.

De cette longue nuit naissaient les odeurs d'un monde à l'agonie. Dans sa chambre d'hôpital à Tokyo, Line avait senti les effluves de la ville monter jusqu'à elle, à travers les murs, les fenêtres. La terre exhalait une odeur de mort, mélange des cadavres en décomposition, des eaux croupissantes et des dégagements nauséabonds des canalisations arrachées.

Un matin, alors qu'elle avait repris des forces, Line s'était levée et avait marché jusqu'à la fenêtre. Dehors, les grues et les bulldozers poussaient les gravats et soulevaient des dalles de béton dans un tournoiement de poussière. En les regardant évoluer au milieu des décombres, sous un ciel radieux, elle avait pensé à des géants de fer nés de cette terre en furie. Le séisme avait engendré ce décor lunaire, où les monstres d'acier semblaient avoir pris la place des vivants.

Pendant la nuit qui avait suivi, cernée par l'obscurité et par les odeurs pestilentielles, le sommeil entrecoupé par les bruits de l'hôpital et les passages des infirmières, il lui avait semblé flotter dans un monde revenu à l'état sauvage, une jungle brumeuse. Sur cette terre fissurée, béante, s'agitaient des colosses aux longs bras métalliques.

Saki

Les iris, la perilla pourpre, les œillets aux couleurs vives, les pivoines, les camélias... Toutes mortes. Asséchées. Irrécupérables. Sans lui, elles avaient étouffé. Saki avait essayé pourtant, elle leur avait parlé, comme il le faisait, elle avait arraché les mauvaises herbes et avait laissé l'air circuler entre les massifs. En vain.

Il ne restait rien du jardin d'origine. Depuis que son père était parti, un autre univers avait poussé là, plus foisonnant que l'ancien, mêlant ses feuilles brillantes, vertes, telle une jungle épaisse et dense, mais dénuée de nuances.

Il manquait les vibrations de lumière, les minuscules flaques de couleurs qui tremblaient sur les pétales des fleurs en fonction de la position du soleil.

Il manquait les mains de son père. Ses doigts de pianiste, soignant les plantes avec méticulosité. La fillette avait copié ses gestes, avait étudié avec lui le spectacle des lentes floraisons pour apprendre à soigner le vivant.

Doucement, ma sauterelle.
Elle n'a besoin que de quelques gouttes.

Saki en avait sauvé une seule, la fleur préférée de son père : un camélia *Margaret Davis*. Avant qu'il ne fane, elle l'avait fait sécher tête en bas pour conserver ses couleurs. Ses pétales formaient une corolle profonde, un cœur blanc bordé de rose vif. Son père aimait ce mélange des tons – la blancheur pure, l'éclat corail. En mars, le camélia explosait au milieu de son feuillage d'un vert sombre.

Dans le jardin, Saki arrivait parfois à retrouver une respiration normale. Elle restait là des heures, perdue dans la contemplation de la végétation – celle vivante, verte, en pleine expansion, et l'autre dehors, marronnasse, pourrissante. Autour d'elle, les plantes mêlaient leurs atmosphères dissonantes. Pendant les jours de pluie, les feuilles mortes s'agglutinaient derrière les vitres ruisselantes où pendaient les tillandsias.

Un jour d'automne, assise près de la fenêtre de la véranda, Saki s'était plongée dans le nouveau livre au programme, *L'Assommoir* d'Émile Zola. Après l'agonie du père Goriot, elle lisait celle de Gervaise. En découvrant les douleurs de ces personnages si éloignés d'elle et de sa propre histoire, elle avait trouvé un certain réconfort. Elle avait eu honte tout à coup de se laisser ainsi abattre, car, dans son cas à elle, rien n'était définitif, rien n'était perdu : son père, lui, reviendrait. Comme les *jōhatsu*. Les disparus volontaires, *les évaporés*.

Il l'avait tant bercée avec cette histoire obscure du Japon : on les avait appelés ainsi à cause de vieilles légendes, on disait qu'ils venaient se laver de leurs fautes dans les sources chaudes volcaniques, près du mont Fuji. Ils se débarrassaient de leur passé dans les vapeurs des bains avant de renaître ailleurs.

Au Japon, on n'aimait pas parler d'eux, mais depuis des siècles ils hantaient histoires, haïkus et chansons.

On devenait un *jōhatsu* pour un tas de raisons : un licenciement, un divorce, un accident de la vie. C'était une histoire d'honneur. Ils avaient échoué, ils avaient honte, alors ils disparaissaient. Ils s'évaporaient, aussi subtilement qu'une pluie fine se dissout dans l'atmosphère.

Au Japon plus qu'ailleurs, c'était simple de disparaître. Ils étaient plus de cent mille à s'évaporer comme ça, chaque année. Certains vivaient à quelques rues de leur ancienne vie, d'autres s'enfonçaient dans les forêts qui jouxtaient Tokyo. Beaucoup se terraient à Sanya, le quartier des infortunés. Cet endroit n'était indiqué sur aucune carte, mais il existait bel et bien. Là erraient ceux qui s'étaient perdus. La vie à Sanya se résumait à quelques mètres carrés dans des hôtels miteux, un tatami et les annonces des marchands de sommeil.

Certaines familles faisaient appel à des détectives privés quand ils avaient les moyens de le faire. Mais jamais à la police ; ils avaient honte.

Saki avait reposé *L'Assommoir*. Elle s'était remémoré les mots de son père : certains *jōhatsu* revenaient. Parfois ils profitaient du chaos des séismes pour rentrer. Ou alors ils réapparaissaient là, un beau matin, devant la maison qu'ils avaient quittée des années plus tôt, comme surgis de la nuit.

Derrière la fenêtre embuée, les silhouettes des pins se balançaient imperceptiblement. Ils ressemblaient à des corps frémissants. Saki s'était imaginé que c'était lui, qu'il traversait le jardin, lentement.

Alors elle avait rêvé du retour de son père en dessinant dans la buée des vitres. Ses doigts avaient tracé des formes naïves, entortillées, des arabesques – messages secrets dont elle seule connaissait le sens.

10.

Line rêva qu'elle n'était pas seule dans la chambre. L'espace était habité.

Saki était tout près, assise au bord du lit et elle pouvait sentir son odeur, qui se mêlait à celle de son propre corps encore endormi pour former un mélange trouble, comme l'eau saumâtre des lagunes.

Saki se tenait courbée, rabattue sur elle-même, et ses cheveux lisses, noirs comme de l'encre, lui cachaient le visage. Elle se leva, marcha jusqu'à la fenêtre. Pieds nus, vêtue d'une chemise fine qui, à contre-jour, laissait deviner son corps, tournant le dos à Line, elle se pencha dans le carré bleu de la fenêtre et chercha un objet dans le ciel. Line eut envie de lui dire qu'il ne passait jamais d'avion par ici, qu'elle aurait beau attendre, elle n'en apercevrait pas, que l'île était coupée du monde à tous les niveaux, sur terre comme au ciel. Puis Saki se retourna et Line vit l'auréole sombre sur sa chemise, au niveau de son sexe.

Celle-ci se mit à grossir et bientôt le sang recouvrit tout le tissu.
Je l'ai perdu, dit Saki.
Line sursauta et ouvrit les yeux.

Épuisée, elle avait fini par se rendormir au milieu du vacarme. La tempête avait soufflé toute la nuit, les rafales de vent cognant contre les fenêtres et le toit. Line s'était demandé si la maison n'allait pas finir par s'envoler.
Il était déjà neuf heures. Le soleil s'était levé, une lumière blanche éclairait la chambre. Elle chercha le bruit des vagues et réalisa que les oiseaux et le vent s'étaient tus. Il lui sembla que la mer elle-même s'était retranchée dans le silence.
Line se leva et alla vers la fenêtre en enfilant machinalement son pull. En ouvrant les rideaux, elle tressaillit.

Autour de la maison, une brume épaisse avalait tout : le jardin, l'horizon, les goélands. Tout disparaissait derrière ce brouillard qui s'élevait de l'océan et restait emprisonné sous la coupole du ciel.
Line ouvrit la fenêtre. Le silence qui régnait ressemblait à celui des temps de neige, où le moindre impact résonne loin, fort, mais sans percussion, comme si le son rebondissait sur une surface molle. Elle chercha encore les cris des mouettes rieuses, les aboiements des chiens, mais rien n'affleurait, sauf le son étouffé des vagues et le crépitement de l'écume qu'elle n'était pas certaine de véritablement entendre. Privés

de perspective, les oiseaux avaient dû déserter la plage et les bêtes s'étaient terrées.

Noyé dans cette brume dévorante, le monde s'effaçait. Line pensa à l'obscurité qu'elle avait côtoyée à Tokyo, qui, de la même manière, les avait avalées. De ce néant, elle était revenue aveugle. Lorsqu'on l'avait sortie de terre, elle avait entendu les applaudissements, les cris et les mots en japonais. Elle avait senti le vent et la pluie fine sur son visage, mais elle n'avait pas vu le ciel, ni la ville rasée. Le noir perdurait.

Elle avait compris en touchant son visage. Après sa longue nuit sous terre, on lui avait bandé les yeux, ses yeux fragilisés, habitués au noir d'en bas. La lumière risquait de les blesser. Elle avait les mêmes symptômes que ceux qui se confrontent aux blancheurs extrêmes et au vertige des immensités : la simple clarté du jour aurait provoqué des dégâts semblables à ceux de la cécité des neiges.

Line avait bu une part de cette obscurité. Depuis son retour de Tokyo, cette impression ne l'avait pas quittée. Lorsqu'elle se regardait dans le miroir, elle croyait voir le nuage sombre qui continuait de flotter dans ses pupilles.

Le chat vint se frotter contre ses jambes en miaulant. Elle referma la fenêtre et lui annonça que c'était l'heure du petit déjeuner. Ses oreilles se dressèrent, il trotta hors de la chambre, dévala l'escalier, la précédant jusqu'à la cuisine.

Line mit en route la cafetière, pendant qu'il dévorait ses croquettes comme s'il n'avait rien mangé depuis des jours.

Elle le regarda lécher sa gamelle, la polir soigneusement de sa langue râpeuse, jusqu'à ce que ses bords brillent. Line n'avait pas faim. Elle prit la tasse chaude entre ses mains et entra dans le jardin d'hiver.

Elle ne remarqua pas tout de suite les inscriptions dans la buée. Ce qu'elle vit d'abord, ce fut la blancheur aveuglante. C'était comme se faufiler au milieu des nuages. Autour de la véranda, le paysage était vaporeux. Elle ouvrit la porte vitrée et le chat se glissa entre ses jambes. Il s'arrêta dans l'embrasure de la porte et hésita à sortir.

Tu n'aimes pas, hein ?

Il se carapata dans la maison et c'est en refermant derrière lui que Line aperçut les motifs sur la vitre. Surprise, elle recula ; la tasse lui échappa des mains et se brisa sur le sol. Elle ne sentit pas le café brûlant éclabousser ses jambes nues, elle ne le regarda pas se répandre le long des damiers de la véranda. Elle resta hypnotisée par les formes tracées sur la vitre, qu'elle n'avait pas remarquées tout de suite à cause de la blancheur aveuglante.

Des dizaines de signes – lettres, hiéroglyphes ou formes géométriques – étaient dessinés dans la buée. Un doigt les avait tracés.

Line se mit à trembler.

« Elle est revenue ! Elle est revenue ! » répéta-t-elle plusieurs fois, comme hypnotisée.

Puis elle réalisa qu'il lui fallait mémoriser ces formes. Line devait les graver quelque part, très vite, avant qu'elles ne disparaissent de la même manière que les bruits montaient dans la maison avant de s'évanouir dans la nuit. En ouvrant la baie vitrée entre le salon et le jardin d'hiver, elle avait fait entrer de la chaleur et les formes commençaient à se modifier lentement. Elles s'estompaient sous ses yeux.

Son premier réflexe fut de chercher son téléphone, puis elle se souvint qu'elle l'avait laissé à Paris. Elle monta en courant à l'étage.

Le chat reniflait les morceaux de tasse brisée quand elle redescendit, armée de son cahier et d'un stylo. Il pencha la tête en regardant Line dessiner des formes de manière frénétique sur les pages, ses pieds nus trempant dans les flaques de café. Des dizaines de dessins esquissés, raturés d'une main tremblante. Des copies ratées où elle ne retrouverait rien des formes dessinées dans la buée. Aucune lettre. Aucun sens. Seulement des gribouillages sur les pages froissées.

Line essuya le sang sous son pied et boita jusqu'à la cuisine, les morceaux de tasse brisée dans ses mains. Le chat la fixait de ses grands yeux verts, calmes et pénétrants. Lucides. Elle aurait aimé avoir sa clairvoyance, sa capacité à se glisser silencieusement dans les pièces et à percer l'obscurité, à y distinguer des silhouettes mouvantes.

« Tu l'as vue, toi ? Tu as vu celle qui était là cette nuit ? »
Il cligna des yeux, miaula et se détourna d'elle.

Lorsqu'elle fut sûre que personne ne se cachait dans la maison, Line ouvrit la porte de la chambre de Rose et sonda son corps immobile sous les draps. Son visage semblait serein, ses traits détendus, absorbés par des rêves sans doute plus paisibles que ceux de Line.

Elle referma doucement la porte, s'habilla et sortit faire des courses. Elle voulait acheter du vin et de quoi préparer un bon repas pour Rose.

Au retour, elle prit le chemin côtier, la brume se levait lentement. Line descendit jusqu'à la plage et s'allongea sur le sable froid. L'humidité remontait du sol, imprégnait ses vêtements. Elle ferma les yeux.

L'espoir est trompeur, lui avait dit Saki. Promettre le retour des *jōhatsu*, c'est comme promettre aux endeuillés que leurs morts reviendront un jour.

Line comprenait les mots de Saki. Elle savait ce qu'était l'absence, cette zone trouble entre la vie et la mort, où s'effaçaient l'appétit, l'envie, le désir. Elle connaissait ça, cette sensation de ne plus être là, de s'abstraire de la scène. D'une certaine manière, elle s'était évaporée, elle aussi. La nuit de l'accident, elle n'avait pas eu mal, son corps s'était dissous dans l'atmosphère, au-dessus de la tôle froissée ; il avait perdu sa consistance, sa densité.

Les mots résonnaient dans sa tête, de plus en plus puissants, et c'est à lui que Line pensait. Au garçon blond. Depuis Tokyo il était là, revenu auprès d'elle après des années d'absence. Le garçon aux boucles blondes, au corps sec et au sourire moqueur. Cet amour qu'elle avait recouvert de silence.

Tap tap tap.
Tap tap tap.

Coincée sous terre, elle avait pensé à lui. En bas les années allaient à reculons et l'enfance frappait à la porte de sa conscience. Dans le noir, ses fantômes tournaient autour d'elle, s'agitaient de plus en plus bruyamment. Ils réclamaient d'être entendus. Alors elle avait senti le garçon, qui remuait à l'intérieur de son corps, de sa tête. Il s'était extrait dans le noir et l'avait étreinte de nouveau. Elle avait reconnu ses lèvres. La sensation de sa peau contre la sienne. Ses doigts nerveux. Son corps musculeux. Sec.
　Était-ce la mort qui se jouait d'elle ? La mort qui l'embrassait ?

Depuis, Line revivait dans sa chair les secousses de l'accident. Le choc de ce matin-là, deux mois après la collision, lorsque le téléphone avait sonné. Le garçon était encore à l'hôpital. Line était dans sa chambre, elle révisait, ou plutôt elle essayait, malgré les douleurs, les migraines et l'attente. Sa mémoire lui jouait des tours : impossible de se concentrer, d'aligner correctement les mots. La sonnerie de téléphone s'était éternisée et son père avait fini par décrocher. Le silence qui avait suivi avait été long, pesant. Line avait tout de suite compris car ces silences-là ne ressemblent à aucun autre.
　Quelques minutes après avoir raccroché, son père avait frappé à la porte de sa chambre, s'était assis sur son lit et

il lui avait parlé, en bon père qu'il était : le garçon dans le coma à l'hôpital ne se réveillerait pas, il était parti, définitivement. En disant ces mots, il fixait la moquette pour éviter de croiser son regard. Puis il lui avait dit : je suis là, Line, je suis à côté, si tu as besoin de quelque chose.

Quelque chose ? Avait-elle besoin de quelque chose ? À ce moment-là, ce qu'elle désirait plus que tout, c'était l'impossible. C'était retrouver leur dernière nuit, celle où, collée contre le garçon, elle avait refermé les bras autour de son torse, tandis que la moto démarrait dans un vrombissement d'enfer, faisant vibrer leurs corps à l'unisson.

Une image plus ancienne lui revint en mémoire ; elle, petite fille, mâchant un crayon en lisant son cahier d'école, relevant subitement la tête, interpellant sa mère :

« Ça veut dire quoi repartir pour un tour ?

– Ça veut dire recommencer.

– Je sais, mais c'est quoi le rapport avec un tour ? Un tour de quoi ?

– C'est une métaphore, Line. Une image... Ça veut dire qu'on recommence un cycle, on repart depuis le début, sur de nouvelles bases. Tu comprends ? »

C'était ce recommencement, cette chance que Line réclamait alors, après que son père avait quitté sa chambre : repartir pour un tour. Elle aurait tout donné pour ça : revenir en arrière et changer ce qui suivrait. Les sauver. Sauver le garçon.

Puis la vie avait repris son cours. Le visage du garçon était resté caché quelque part dans sa mémoire. L'accident avait laissé des cicatrices que la vie s'était chargée de peu à peu estomper. Les années avaient atténué son souvenir comme une seconde peau venue le recouvrir. Dessous, sans que Line en ait eu réellement conscience, ce souvenir était resté vivace.

Elle retira ses chaussures et marcha jusqu'à l'eau. La marée était descendante. La mer, en se retirant, laissait mille flaques d'eau qui scintillaient sous le soleil hivernal. L'estran se découvrait pour quelques heures, avant d'être de nouveau englouti par les eaux. Comme Line lorsqu'elle était arrivée sur l'île : la moitié du temps noyée sous la surface des choses, l'autre surnageant. Elle réalisa le chemin qu'elle avait parcouru depuis qu'elle vivait ici. Elle se sentait différente, plus pleine et moins bancale. Plus arrimée au sol, comme un marin souffrant du mal de terre finit par se stabiliser.

Line aperçut une étoile de mer prise dans une mare où elle dérivait lentement. En la détaillant de plus près, elle vit que l'un de ses bras était plus court que les autres. Cela lui rappela une conversation qu'elle avait eue avec Rose.

« Les étoiles de mer ont la faculté de se régénérer, comme les lézards, dont la queue repousse, avait-elle dit. Elles peuvent perdre l'un de leurs bras, ça leur permet d'échapper à leurs prédateurs. Elles sacrifient une partie de leur corps pour survivre. »

Line ne l'avait pas réellement écoutée. Repliée en elle-même, elle n'était pas encore apte à véritablement l'entendre. Mais en scrutant le corps amputé qui se balançait dans l'eau, il lui sembla qu'elle était de nouveau capable de se laisser émouvoir.

Lorsqu'elle quitta la plage, la brume s'était définitivement levée. Le soleil d'hiver était à son zénith, mais ne parvenait pas encore à réchauffer l'air. Avant d'entrer dans la maison, Line fit le tour du jardin, constatant que les mauvaises herbes étaient de nouveau en pleine expansion, étouffant un maigre plant de sarriette. Elle se promit d'y remettre très vite de l'ordre.

Line s'apprêtait à rentrer lorsqu'en levant la tête vers l'étage elle aperçut un mouvement derrière la fenêtre de la chambre où elle dormait. Une silhouette bougeait derrière les rideaux. Elle pensa d'abord qu'il s'agissait de Rose ; ayant trouvé la force de se lever, la vieille femme était peut-être venue chercher quelque chose dans la pièce.

Puis Line eut un sursaut : non, ce n'était pas Rose, c'était elle, son amie sans visage, revenue, portée par la tempête de la nuit, qui tournait maintenant dans cette maison dont elle n'avait pas foulé le sol depuis de longues années.

Le cœur battant, Line s'avança et resta là, immobile dans le jardin, à observer la fenêtre, ses yeux s'accrochant à la silhouette derrière les rideaux, essayant d'en délimiter les contours. Elle eut la sensation de plus en plus nette que celle-ci la regardait elle aussi, qu'elles étaient en train de se découvrir l'une l'autre.

Puis le vent se faufila par la fenêtre entrouverte et fit bouger les rideaux. Prise dans leur mouvement, la silhouette ondula un instant avant de disparaître.

Le décor reprit son immobilité en même temps que Line retrouvait la conscience de son propre corps figé dans le jardin. Elle ressentit la brise froide sur son front mouillé, la contraction de ses épaules et de sa nuque, ses pieds pris dans la terre moelleuse comme dans des sables mouvants. Elle s'en arracha et courut vers la maison.

Elle grimpa l'escalier et entra en trombe dans la chambre. Celle-ci était déserte, aussi désespérément vide que toutes les autres pièces de la maison. Line écarta les rideaux et contempla le jardin, cet espace foisonnant, désordonné, où il lui semblait parfois voir la jeune Saki courir pieds nus derrière son père.

L'espoir qui la retenait là, dans la maison de l'île, des mois après le séisme, lui parut tout à coup insensé. Elle divaguait. Elle s'égarait. Le séisme n'en finissait plus de l'avaler.

Saki

Ils avaient fait l'amour sur la plage, juste après le coucher du soleil. En enlevant sa robe, Saki avait entendu le tissu craquer. Dommage, avait-elle songé, une robe neuve qu'elle était allée chercher exprès sur le continent, sexy, noire, courte. Mais les lèvres de Victor étaient descendues le long de son ventre et Saki n'avait plus pensé à rien, ni à la robe, ni à l'absence de son père qui continuait de s'étirer.

Ensuite Victor avait roulé un joint, les pieds enfoncés dans le sable frais, Saki s'était glissée entre ses jambes, son dos nu plaqué contre son torse ; ils avaient parlé et fumé. La nuit descendait sur l'île et tout était presque parfait, ce faux air d'été, l'odeur du sexe et du cannabis, le flottement léger, bienheureux dans sa tête.

Puis Victor avait brisé cet instant. Il avait dit : *ils ont retrouvé un corps hier, dans les marais, complètement décomposé. Il était là depuis des mois, d'après mon vieux.*

Ils ne savent pas encore de qui il s'agit. Ils cherchent, ils ont parlé d'une chevalière.

Au même moment, un nuage s'était déplacé, révélant la lumière blanche, aiguisée de la lune. Saki avait attrapé le joint et tiré longuement dessus avant de se lever d'un coup, de se rhabiller et d'attraper ses chaussures enterrées sous le sable.

Faut que j'y aille. Ma mère m'attend.

La nuit était noire, la lune s'était rangée derrière une série de nuages et, dans le jardin, les grands pins étaient des masses sombres, des colosses qui se balançaient dans le vent, à un rythme nonchalant. Saki se tenait debout, dans leur ombre. Cachée dans l'obscurité du jardin, elle observait la maison.

Elle ne pouvait détacher ses yeux des trois silhouettes qui s'agitaient au rez-de-chaussée : sa mère et deux hommes en uniforme, deux policiers. Saki les regardait bouger dans les pièces éclairées.

Sa mère allait et venait entre la cuisine et le salon, puis elle avait traversé le jardin d'hiver, avait ouvert la porte vitrée et s'était assise sur la petite marche qui séparait la véranda de l'extérieur. Elle était restée là un moment, son torchon à la main, à fixer la nuit, tandis que Saki, repliée dans son coin d'ombre, suspendait sa respiration. Mais les fesses sur le sol de la véranda, ses jambes dehors, sa mère avait l'air plus absorbée par ses propres pensées que par le ciel noir ou les ombres du jardin ; elle ne l'avait pas vue.

Elle était blanche comme un linge et ses lèvres remuaient en silence.

L'un des deux policiers l'avait rejointe. Il s'était baissé, du haut de sa grande taille, maladroitement, avait posé sa main épaisse sur son épaule, très doucement, comme s'il avait peur de la casser. Elle s'était effondrée tout à coup.

Un haut-le-cœur avait soulevé l'estomac de Saki, une envie de vomir, un vertige, sa tête qui tournait beaucoup plus que quelques instants plus tôt, sur la plage.

Les flics avaient fini par partir. Sa mère avait passé sa main sur son front, s'était essuyé les yeux. Elle avait attendu plusieurs minutes, le regard dans le vague, puis s'était levée et était rentrée dans la maison, oubliant le torchon sur la marche de la véranda.

Saki avait retenu ses larmes tandis que les mots de Victor tournaient dans sa tête : les marais, le corps décomposé, la chevalière. Elle était restée cachée dans le jardin jusqu'à ce que les lumières du rez-de-chaussée et de l'étage s'éteignent, les unes après les autres. Une fois sa mère couchée, la maison s'était effacée lentement, absorbée par la nuit. Dans l'obscurité, le jardin lui avait paru tout à coup hostile.

N'aie pas peur, ma sauterelle !

Saki était sortie de sa cachette, avait traversé le jardin de sa démarche inconstante et avait rejoint sa chambre sans faire de bruit.

Sa tête tournait encore. Le bruit des vagues dehors s'était mué en vacarme. La mer grinçait.

Elle avait regardé sa chambre nue, austère, les draps jaunes et les murs dépouillés. Elle avait besoin de si peu pour partir. Elle l'avait toujours su : il fallait savoir distinguer le superflu du vital, avoir la capacité à s'entourer de l'essentiel pour pouvoir s'échapper en cas de tsunami émotionnel, de catastrophe planétaire ou de *Big One*, disparaître en emportant le nécessaire et survivre, repliée dans un coin retiré du monde, dernier lieu vivant au milieu d'une terre stérile.

11.

Rose était encore faible, mais elle avait insisté pour se lever. Elles se tenaient maintenant l'une en face de l'autre dans le jardin d'hiver, la vieille femme pâle, emmitouflée dans un grand drap sombre. Line reconnut l'étole bleu marine rangée dans la commode de la petite chambre.

Une chaleur douce imprégnait l'espace, se mêlait à la fraîcheur du soir, mais Rose tremblait, serrant entre ses mains une tasse de thé fumante.

Line lui montra par la fenêtre les plantations.

« La sarriette est morte. Il faudra en replanter une nouvelle. »

Songeuse, Rose ne l'écoutait pas.

« Dis-moi, Line. Pourquoi as-tu choisi de voler ? Pourquoi avoir choisi ce genre de vie ?

— Je ne sais pas. Pour une foule de raisons. »

Le chat vint se frotter contre les jambes de Line. Il sauta sur ses genoux et se roula en boule.

« L'idée d'être enfermée chaque jour dans un bureau

avec des horaires réguliers n'était pas envisageable pour moi. J'ai essayé, j'ai tenté divers jobs, mais très vite, j'ai étouffé. J'aimais les avions, j'aimais voyager, alors je suis devenue hôtesse de l'air. Il y a des tas de choses qui me plaisaient dans ce métier : le soleil qui se lève à la fin d'un vol de douze heures, nos repères brouillés quand on atterrit au petit matin, la chance de profiter des escales quand les conditions météorologiques et géopolitiques le permettent. Les nuits étaient courtes, irrégulières, c'était parfois épuisant, mais j'aimais ça. »

En disant ces mots, Line repensa aux vieux rituels des aurores, lorsqu'elle enfilait ses bas de contention et son uniforme avant de s'engouffrer dans des métros, des navettes, vers des aéroports et leurs dédales de couloirs, d'escalators et de sas qui semblaient parfois ne mener nulle part.

Le monde des aéroports fourmillait et grondait, libérant un à un ses milliers d'avions, crachant et aspirant tour à tour en son sein des millions de voyageurs anonymes – comment avait-elle pu l'appréhender sans en avoir le vertige ?

Dans les avions résonnaient les bruits familiers – moteurs s'échauffant, souffleries, claquements des chariots et des portes des cellules frigorifiques. Il y avait l'odeur du kérosène et les parfums des passagers, leurs haleines se mélangeant dans l'espace confiné. Elle arpentait l'allée entre les sièges avant de rejoindre son strapontin et d'attacher sa ceinture. Au moment du décollage, elle se sentait projetée vers l'avant. Line aimait cette impression de quitter la terre ferme, de s'échapper à grand bruit, dans un élan brutal, tout à coup désenchaînée, comme si une énergie trop longtemps accumulée se libérait enfin. Tandis que les moteurs accéléraient, que la carlingue se mettait à vibrer, à trembler comme si tout courait à sa perte, comme si les corps autour d'elle menaçaient de se désagréger, elle s'envolait.

Sur ses genoux, le chat continuait de ronronner. Ses poils étaient aussi doux que la peau d'un nouveau-né.
« Alors, demanda Rose tout à coup, quand vas-tu reprendre tes vols ?
– C'est trop tôt pour le moment. Je ne me sens pas prête. »
Rose se pencha vers la table basse et attrapa la théière. Line vit sa main trembler et voulut l'aider.
« Laisse-moi donc ! Je peux encore me verser mon thé moi-même ! »
Elle prit un air agacé, se renfonça dans son fauteuil.
« Laisse-moi te dire une chose, Line. Si tu attends d'être prête, tu risques bien de finir tes jours coincée sur cette île. Crois-moi, on n'est jamais prête et le pire que l'on puisse faire, c'est de s'écouter.
– Je suis bien ici. Je n'en ai peut-être pas l'air, mais j'avance.
– Tu avances ? Que veux-tu dire par *tu avances* ?
– Je dors. Je marche. Je prends des notes. Je m'occupe des jardins.
– Et tu ne vois personne.
– Je t'ai, toi. Et…

– Une vieille femme grabataire. Et un chat. C'est ça, ton avenir ? »

Rose toussa, elle fronça les sourcils en regardant le sol comme si elle y cherchait un objet perdu. Elle finit par relever la tête.

« On ressent tous à un moment ou à un autre l'envie de repartir à zéro. Qui peut dire qu'il n'a jamais voulu changer de vie ? Mais il n'y a pas de vie idéale, Line. Aucun paradis à gagner. L'île nous rassure un temps, mais elle finit aussi par nous retenir. Ne te laisse pas piéger. Au-delà de l'horizon, le monde continue de tourner.

– Mais toi, Rose ? Tu n'es pas heureuse ici ? Ce n'est pas la vie que tu avais choisie ?

– Peu importe. Là n'est pas la question. »

Un dernier rayon de soleil filtra à travers les vitres, éclaira son visage et en fit ressortir la pâleur. Il grignota peu à peu sa silhouette.

« Et les autres ? Les autres membres de l'équipage ? Ont-ils péri dans le tremblement de terre de Tokyo ?

– La plupart étaient à l'hôtel au moment où la terre a tremblé. Celui-ci a subi peu de dégâts. Nous n'étions que trois dehors… Sur un équipage de vingt et un hôtesses et stewards et trois pilotes, deux ne sont pas rentrés. »

Le chat fit un bond, poussa un miaulement plaintif et arracha un morceau de pantalon en s'échappant. Il fila dans la maison. Surprise, Line poussa un cri.

« Bon sang ! Qu'est-ce qu'il lui a pris ! Quelque chose a dû lui faire peur ! »

Elle entendit alors le rire fluet de Rose.

« Les seuls fantômes qui se cachent ici, ce sont les tiens, Line. »

Elles se dévisagèrent et Line ressentit un vertige, comme lorsqu'une réalité longtemps ignorée vous saute tout à coup au visage.

Les sourcils de Rose se froncèrent, puis une lueur éclaira son regard.

« Tu me fais penser à ma gamine. »

La vieille femme resserra l'étole autour de ses épaules, la caressa comme elle l'aurait fait avec les poils soyeux du chat.

« Ta gamine ? Tu ne m'as jamais dit que tu avais…

– Ne prends pas cet air surpris. Tu connais déjà cette histoire. Je sais que tu interroges les gens, que tu poses des questions. N'oublie pas que nous vivons sur une île. Ici tout se sait. »

Rose la fixa de ses yeux vairons, troublants, tandis que Line s'enfonçait plus profondément dans son fauteuil.

« Tu ne lui ressembles pas, et pourtant, il y a quelque chose… J'ai vu cette ressemblance dès le premier jour, quand tu as frappé à la porte pour l'annonce. L'entêtement dans les yeux. »

Elle se tut un instant avant de continuer.

« On vivait là depuis six ou sept ans. Elle avait seize ans. Mon mari, son père, a disparu un jour. Je savais qu'il allait mal. Je savais que ça arriverait. Mais elle n'a jamais accepté. Elle s'est entêtée. Ça a été une vraie bataille entre nous. »

Rose raconta : dans la maison, chaque jour, le couvert du père mis à table, sa part du repas l'attendant, chaude, devant sa place. Sa fille faisait ça : chaque repas prêt pour lui, matin, midi et soir, ses chaussons à leur place dans l'entrée, son blouson suspendu au portemanteau qu'elle refusait qu'on décroche, au cas où il revienne. Dans chaque pièce, ses affaires, ses vêtements immobilisés dans l'attente de son retour.

Line imagina cette vie qui avait commencé dans la maison. Une vie mimée. Un kabuki aux acteurs grimaçants : le père disparu se parant de la cape du héros, marchant depuis tant de mois, d'années pour retrouver les siens, sur cette route se révélant bien plus longue qu'ils ne l'avaient pensé au départ. Mais il reviendrait. Bientôt. Dans cette histoire, le temps n'était qu'un détail.

Elle se remémora les mots d'Adam : le départ du père, la *sale histoire.*

Line comprenait l'impossibilité de ces deuils. Car que pleurait-on lorsqu'il n'y avait pas d'histoire ? Qu'enterrait-on s'il n'y avait pas de corps ? Faisait-on le deuil d'un disparu ? Elle se souvint des mots de Saki : au Japon, les proches des disparus attendent sept ans pour déclarer officiellement morts ceux qui s'évaporent.

Rose continua :

« Des mois après, ils ont retrouvé le corps de mon mari… dans les marais. Deux ans qu'il était là. Sucé par la vase. Sans sa chevalière, on n'aurait pas pu l'identifier. »

Le jour déclina brusquement. Dans le jardin d'hiver, la silhouette de Rose s'estompa.

« Ma gamine est partie ce jour-là. Tu imagines ? En quelques heures, mon mari et ma fille... Elle n'est jamais revenue. Elle s'est envolée. Je l'ai cherchée, si tu savais, mais va retrouver quelqu'un qui a décidé de... »

Rose s'arrêta, reprit lentement son souffle.

« Elle n'a jamais su pour son père. Je suis certaine qu'à l'heure actuelle elle a cet espoir encore...

– Mais... Tu dis que ta fille n'a jamais appris... pour les marais ?

– Non. »

Rose laissa ce *non* planer entre elles.

La voix de Line se rétracta dans sa gorge. Elle se retint de formuler les mots qui lui brûlaient les lèvres – ces mots qui les encerclaient à présent, les menaçant des gouffres qu'ils contenaient.

Puis Rose reprit :

« Mais je veille, Line. Je n'ai pas bougé d'ici. Je l'attends. J'attends ma fille. C'est ça qui compte, uniquement ça : l'espoir. »

La nuit était tombée et les avait définitivement enveloppées. Seules demeuraient leurs voix, et Line aurait juré qu'un sourire souleva le coin de ses lèvres lorsque Rose ajouta :

« Tout a une fin, Line. Mais l'espoir... L'espoir n'a pas de fin. »

Line se tut et sut à cet instant qu'elle se tairait toujours. Que jamais elle ne parlerait de son amie de Tokyo.

Dans la chambre, elle s'assit sur le lit et posa le carnet sur ses genoux. Elle ferma les yeux.

Il avait fallu les mots de Rose, son rire franc pour que le déclic se fasse. Pour que, enfin, Line comprenne. Ces fantômes qu'elle emmenait partout avec elle, gravés sur sa peau, dialoguant dans sa tête, elle devait s'en défaire, les laisser partir avant qu'ils ne finissent par la dévorer. Et pour cela il lui fallait écrire la fin. La fin de Saki. Et en couchant les mots sur le papier, se mesurer de nouveau au silence infini. Ce silence particulier que rien, jamais, ne perce.

Tap tap tap.
Tap tap tap.

Elles étaient là depuis si longtemps.

Dans le ventre de la terre, Saki s'était tue. Elle avait cessé de dérouler ses récits et ses contes, et lentement le silence avait envahi la nuit.

Maintenant Line pouvait l'écrire, elle pouvait le penser : il n'y avait rien. Rien ne venait après ce silence. C'était un silence interminable. Cruel. Qui ressemblait à une longue vague glacée.

Ne restaient que ce froid, austère, et le sable.

Saki s'en était allée, loin, et Line était seule. Seule, désormais, dans le noir total. Avec les forces qui lui restaient, elle avait voulu contrer le silence. Se battre contre son immensité. Alors elle avait pris la parole. Elle avait parlé dans la nuit. Longtemps. Tenant la main de Saki. Incapable de la lâcher. Y cherchant encore un frémissement.

Elle savait que, si elle s'arrêtait de parler, la longue vague l'avalerait. Que, si elle s'arrêtait de taper, la peur gagnerait. Alors elle avait parlé, et tapé.

Tap tap tap.

Peu à peu elle avait oublié que Saki ne l'entendait plus. Elle avait omis l'immobilité de ses doigts. Omis le silence derrière les coups.

Elle avait oublié qu'elle se trouvait là, dans cette cavité, enterrée sous les pieds des vivants, recroquevillée, léchant l'eau de pluie qui ruisselait le long de la paroi contre laquelle elle continuait de taper, taper, taper.

Elle s'était lentement effacée. S'était retranchée. Absentée d'elle-même.

Car en bas, dans ce gouffre, cet abîme, elle n'avait plus personne pour lui rappeler qu'elle était en vie. Qu'elle existait encore.

Line referma le cahier. Elle entrouvrit la fenêtre de la chambre, se déshabilla et se glissa sous les draps. Les rideaux se balancèrent, portés par la brise. Elle écouta la mer en calquant le rythme de sa respiration sur celui des vagues.

Elle repensa à l'histoire de Rose. Line l'avait écoutée en songeant que la vieille femme avait encore maigri ou que quelque chose dans son corps était en train de s'échapper.

Puis Rose s'était animée, elle avait souri, avait levé son index en lui faisant dessiner un cercle dans le vide, comme si elle lui indiquait par là même tout ce qui les entourait, la maison habitée, son atmosphère dense, la mer de l'autre côté des murs, l'écume mangée par l'obscurité et au-delà, le monde.

L'espoir n'a pas de fin.

Les mots résonnèrent dans la chambre.

Line réalisa alors que Saki avait été présente à chaque instant pendant cette soirée, rôdant entre elles. À un niveau qu'elles ne pouvaient percevoir, tout avait été dit.

Bercée par ces mots – ceux de Rose et les autres, les invisibles, derrière lesquels se cachait un nombre infini de messages –, Line s'endormit. Cette nuit-là, elle rêva que Saki et son père marchaient dans les rues de Tokyo, main dans la main.

Saki

Le soleil venait de disparaître, subitement. Caché derrière la brume qui encerclait le bateau, il continuait de vibrer, mais Saki n'en ressentait plus la chaleur. Il en avait toujours été ainsi. L'océan avalait les choses, reprenait dans son ventre liquide ce qu'il avait donné. Ici plus qu'ailleurs, les couleurs et les formes des paysages étaient éphémères, modelées par les mouvements perpétuels des marées.

Le bateau oscillait sur les vagues et elle aimait ça, cette manière dont elle était malmenée, comme si, à force d'être secouée, elle allait finir par se désintégrer au-dessus des flots.
Elle s'était retournée, avait regardé l'île qui s'éloignait. Son île mal aimée. Mal aimante. Inhospitalière.
Vue d'ici – de l'océan sur lequel Saki se laissait bercer par le roulis –, l'île semblait absorbée par la mer. Ses dunes s'amenuisaient, devenaient une simple ligne jaune, qui tremblait sur l'horizon.

Accoudée au bastingage, Saki avait imaginé cette terre, entourée de ses murailles d'eau, lentement entraînée vers le fond, ses arbres devenir algues sous-marines, ondulant sous la surface, se déployant et cachant les cadavres, celui de son père et tous les autres.

Elle aussi s'effaçait. Comme le soleil. Comme son père.

Et, en s'échappant, elle renouait avec cette part d'elle-même, perdue des années plus tôt à son arrivée ici.

La première fois qu'elle avait posé les pieds sur l'île, qu'elle avait foulé son sable et la terre spongieuse de ses marais, elle avait dix ans.

On lui avait menti. L'île ne devait pas ressembler à ça. Avant d'arriver là, la petite Saki avait imaginé autre chose.

Dans les terres hostiles de l'île, elle avait cherché des côtes dentelées et des forêts, mais aussi les reflets argentés des rectangles des rizières, le vert tendre de leurs herbes. Elle avait pensé aux décors familiers qu'elle venait de quitter, aux roseaux portés par la brise sur les bords des rivières, aux parfums des camélias et du jasmin, et aux cerisiers florissants au pied des hautes tours de verre. Ses pieds avaient piétiné de rage devant l'eau saumâtre, ses bottes faisant d'horribles bruits de succion en s'arrachant à la vase.

Ils avaient quitté le Japon, la seule terre qu'elle connaissait, pour ce caillou perdu. C'était après la crise des années quatre-vingt-dix. L'entreprise où travaillait son père venait d'être touchée de plein fouet et les avait licenciés, lui et tant d'autres, brutalement, du jour au lendemain. Après ça,

Saki avait vu son père changer. Souvent, il rentrait ivre au milieu de la nuit et se heurtait aux murs de l'appartement. Ses coups maladroits la réveillaient. Elle ne savait alors pas de quoi il retournait, elle entendait seulement la colère dans la voix de sa mère qui lui reprochait d'avoir trop bu.

Plus tard, Saki avait compris : à cause de cette dépression qu'il traversait, de la honte d'avoir perdu son emploi, son père partait et prenait de nombreux détours avant de rentrer chez eux. Il écumait les *izakaya*, ces petits établissements servant bière et saké. Il noyait sa honte.

Alors ses parents avaient décidé de repartir de zéro, autre part. Ils étaient venus vivre dans le pays de sa mère, en France, sur une île de la côte Atlantique.

Son grand-père français était paludier. Son père japonais le devint.

Ils avaient commencé par habiter chez ces grands-parents maternels qui étaient des étrangers pour la fillette. Ils étaient gentils avec elle, ils avaient fait de leur mieux pendant cette première année où ils avaient vécu tous ensemble. Mais Saki attendait de retrouver leur vie à trois, comme à Tokyo. Chaque semaine, elle demandait à ses parents de l'emmener voir leur maison qui se construisait lentement à l'autre bout de l'île, sur un terrain qu'ils avaient acheté peu de temps après leur arrivée. Les mois passaient ; bientôt ils vivraient dans cette maison en bois au toit pointu, rappelant les *funaya*, les maisons traditionnelles des pêcheurs au Japon.

La mère de Saki connaissait cette vie-là : elle était née sur l'île et, avant de partir vivre à Tokyo, avait grandi sur ce fragment de terre. Elle avait le cœur d'une insulaire, Saki le voyait dans la manière dont elle regardait l'océan, elle ne l'envisageait pas comme une barrière. Le père de Saki disait que les yeux de sa femme contenaient l'île en eux, tout ce qui la constituait : le sable brun dans un œil, l'eau claire dans l'autre. Saki aurait aimé être comme elle. Avoir sa capacité à vivre là. Mais elle avait grandi à Tokyo, entre une mère lui parlant d'une France trop lointaine pour s'en faire une idée, et un père né sur la péninsule de Shima, obsédé par ce que le monde recelait de monstres et d'êtres qui s'effacent.

Quand il lui parlait des *jōhatsu* – les déserteurs, les fugueurs –, Saki voyait des ombres passer dans son regard. Elle hochait la tête, concentrée, buvant ses récits, mais, sous sa robe d'écolière, son ventre se serrait. Elle était jeune. Elle ne savait rien et elle savait tout. Elle devinait ce qu'il y avait dans le cœur de son père. Mieux, elle le ressentait.

Au Japon, Saki avait été une *hāfu*. De l'anglais *half.* Une moitié. C'est ainsi qu'on appelle les métisses. Elle avait beau être née et avoir grandi à Tokyo, dans le regard des autres, elle était une moitié, enfant d'une mère française et d'un père japonais.

En arrivant sur l'île, elle était restée cette *half* : étrangère débarquée pour commencer une nouvelle vie. Elle aurait beau côtoyer étroitement les insulaires, aller à l'école avec eux, être invitée à leurs goûters d'anniversaire, grandir à leurs côtés, nouer des liens, flirter, jamais elle ne serait l'une des leurs.

Tous les matins, sur l'île, Saki était désormais réveillée par la sirène du premier bateau qui partait vers le continent. Elle était à l'affût de ce son. Les autres, les insulaires, qu'elle devait désormais côtoyer, qui n'avaient ni la couleur de sa peau ni la forme de ses yeux, ceux-là ne semblaient pas y prêter attention. Mais pour Saki, les sirènes des bateaux résonnaient comme des appels.

Pendant longtemps elle avait essayé d'échapper à ces ciels d'hiver écrasants et à ces murs d'eau. Cette terre était si restreinte qu'elle lui semblait grossièrement amputée de ce qu'elle avait dû être à l'origine. Saki l'avait arpentée de long en large, avait foulé ses plages, ses friches et ses étangs boueux. Elle l'avait explorée en y cherchant des sentiers cachés, prenant de nombreux détours, contournant les chemins habituels, comme si ces labyrinthes pouvaient modifier la géographie de l'île. La rendre plus imposante qu'elle ne l'était.

Le jour où elle l'avait quittée, Saki était retournée là où elle était née. Elle avait retrouvé un archipel cerné d'eau où rien pourtant ne lui rappelait les entraves des îles. À Tokyo, tout était haut, dense et bruyant. La ville bouillonnait, sa perpétuelle agitation lui faisait oublier les paysages plats, les silences et les langueurs, le calme trompeur de l'île. Dans les rues grouillantes, Saki n'était personne et la mer était trop loin pour qu'elle puisse la sentir. Les tours s'élevaient, et continuaient de pousser partout dans Tokyo selon un perpétuel mouvement. Plus bas, la terre regorgeait de sous-sols dans lesquels Saki pouvait s'enfoncer. À chaque strate de la ville, elle se noyait dans le fourmillement et le bruit. Et dans ce bruit, elle restait une invisible. Une visiteuse.

Quels étaient les bons gestes, les bons mots ? Saki ne l'avait jamais su. Elle était l'enfant d'ici et d'ailleurs, écartelée entre deux îles, deux océans, deux continents.

Des années plus tard, c'est à cela que pensera Saki, enfermée dans son cercueil de béton, sous les tours effondrées. À ce craquèlement intérieur. Elle pensera à son enfance échouée sur l'île, à ce qu'elle y a laissé. Et elle racontera ce qui la hante : le départ du Japon, l'exil sur l'île française, le déracinement.

Elle parlera des *jōhatsu*, longuement. Elle dira qu'elle a fui elle aussi, que c'est facile de se dérober, il suffit d'écouter cette voix intérieure qui nous ordonne de partir, c'est une poussée enclenchant une série de mouvements, un instinct vital.

Ne pas se mettre en route, ce serait mourir un peu, alors on emporte l'essentiel – soi – et on prend la fuite. On rompt l'immobilité et la torpeur.

Mais ensuite ? Saki avouera que s'évaporer est l'acte le plus difficile, le plus long qui soit, qu'il n'y a pas de seconde vie. C'est construire soi-même le mur qui nous encerclera. Ce mur empêche tout mouvement de retour, c'est le contraire de la liberté.

En bas, elle finira par s'incliner devant les colères destructrices de Namazu, qui sèment le chaos et la mort, mais qui ont aussi le pouvoir de fissurer l'orgueil, d'ébranler les certitudes. De faire bouger ce que l'on pensait définitif. C'est l'envers des drames, leur magie noire, dira-t-elle : ils vous abîment, mais ils peuvent aussi vous réveiller. Vous sauver.

Si c'était ça, le message de Namazu ? S'il était venu lui dire que, sur les ruines, tout peut renaître ?

Alors, Saki racontera ce que font certains *jōhatsu* :
Revenir.

TROISIÈME PARTIE

Revenir

Quelque part au cœur de l'océan Atlantique, l'île forme un croissant jaune à la surface de l'eau. Vue du ciel, elle ressemble à une cicatrice. Il faut voler bas pour l'apercevoir, tant sa taille est restreinte. Cette île est une inconnue, aussi mystérieuse que l'est le cortex insulaire dans le cerveau humain.

Cortex insulaire – ou *insula*, île en latin. Cachée dans les profondeurs du cortex cérébral, l'*insula* a un rôle dans les expériences interpersonnelles, dans les processus émotionnels. Elle est impliquée dans l'intensité de la douleur, dans le rire et les pleurs, dans l'empathie et la conscience de soi, ou encore dans l'orgasme. Soumise aux épreuves, aux cassures, comme les morceaux de terre cernés de mer sont menacés par les tempêtes, les vagues puissantes, son atteinte peut provoquer le vertige, l'anxiété, une certaine vulnérabilité. Le sentiment d'être déconnecté de soi-même et des autres.

L'*insula* est la source de nos émotions. Cette île en nous est donc aussi vitale que le cœur, les poumons, le foie, le pancréas ou les reins. Sans elle, il n'y aurait ni fracture ni guérison.

C'est à cela que Line pensait en regardant le manège des paludiers. Aux îles, géographiques et intimes. Elle s'était réveillée aux aurores et avait pédalé jusqu'aux marais salants. Assise sur le parapet, elle observait les silhouettes s'affairer le long des talus.

Dans quelques mois le sel serait récolté. Les cristaux formeraient des dizaines de pyramides blanches ponctuant le paysage des marais avant d'être égouttés et portés vers les greniers à sel.

Elle imagina la jeune Saki longer les zones marécageuses, chercher les poissons-chats. *Revenir* avait été son dernier mot, sa dernière volonté.

Et Line ? Quand reviendrait-elle ? Elle était une fugitive de sa propre vie. Mais, en quittant Paris, Line n'avait pas quitté le monde, elle avait au contraire choisi de l'habiter pleinement, de retrouver ce qui le constituait : la terre, l'eau, le ciel, les odeurs de l'enfance, toutes ces images oubliées. Son corps s'était déverrouillé au contact des paysages de l'île, des femmes et des hommes qui y vivaient.

Viendrait ce moment où elle pourrait dire avec conviction : je suis prête. Sous sa chemise, elle sentit la brûlure du tatouage près de son cœur.

Line fouilla du regard l'horizon, cherchant à apercevoir la silhouette du continent, même si, d'ici, elle savait qu'on ne pouvait pas réellement le voir, tout juste l'entrevoir en faisant appel à son imagination.

Contrairement à la jeune Saki, elle avait aimé cette présence aiguë, obsédante de l'océan. Cet enfermement. L'espace n'était pas suffisamment grand pour vous permettre de semer ce à quoi vous vouliez échapper. Vous aviez beau tourner dans un sens ou dans l'autre, vous reveniez toujours à votre point d'origine. À un moment, vous vous retrouviez face à vous-même. Il ne vous restait alors qu'à décider de ce que vous vouliez vivre. L'île vous obligeait ainsi à sombrer définitivement ou à panser vos plaies. C'était son merveilleux pouvoir.

Les lieux avaient ce pouvoir. Ils pouvaient vous transformer. Vous guérir.

Ou au contraire vous broyer.

Si Saki était revenue, aurait-elle fait la paix avec son île, avec cette enfance revenue la saisir sous terre, juste après le séisme ?

Ses mots continuaient de résonner dans le cœur de Line : Saki lui parlant de la France, du Japon, du fossé qui séparait ses deux pays, ses deux berceaux. Des nuances qui les éloignaient et les rendaient souvent incompréhensibles l'un pour l'autre. Cela la déroutait, lui donnait l'impression que chacun de ses choix impliquait un renoncement.

Saki la Japonaise. Saki la Française. Deux femmes. Deux visages.

Mais ne sommes-nous pas tous ainsi ? se demanda Line. Binaires, lunatiques, habités par des forces contradictoires qui frappent en nous.

Dans leur prison de béton, ces forces avaient fini par émerger, lentement, soulevées par des feux, des spasmes souterrains, tandis qu'autour de Saki et de Line, en elles aussi, tout dégringolait, tout se disloquait. De toutes parts, les lignes de faille s'étaient propagées, s'insinuant dans leurs corps, dans leurs têtes, grignotant chair et âme, faisant sauter leurs verrous internes.

La moto couchée après le virage, les deux jeunes corps brûlés, désarticulés, elle y avait bien sûr pensé lorsqu'elle était revenue de Tokyo. Elle avait pensé à ce drame originel et s'était interrogée sur sa bonne étoile, qui décidément ne la lâchait pas. Une seconde fois, Line semblait incapable de mourir.

À présent elle comprenait que c'était cette enfant-là qui était rentrée de Tokyo : celle enfourchant une moto dans la nuit en se serrant contre un garçon, défiant la route en lacets, tandis qu'au-dessus d'eux une quelconque divinité était à l'œuvre. Celle revenue seule, sans son premier amour.

Treize ans après, le tremblement de terre avait épargné sa chair, mais il l'avait ébranlée une seconde fois, l'avait relâchée dans le monde, miraculée, esseulée encore, et c'était le coup de trop. L'enfant abîmée, sommeillant encore en elle, s'était réveillée et depuis des mois elle hurlait – hurlait son

chagrin et ses peurs dévorantes. Les années qui les séparaient avaient été abolies.
Dans ce long cri, les deux Line avaient mêlé leurs voix.

Line observa une dernière fois les mouvements des paludiers. En traversant l'île, elle imagina ses couleurs au printemps. Des coquelicots pousseraient un peu partout, tapissant le paysage de longues vagues rouges. Le colza fleurirait abondamment, ses buissons jaunes réveilleraient les teintes délavées des marais. Les oiseaux couveraient et les piaillements de petits êtres embusqués résonneraient derrière les feuillages, dans les espaces invisibles de l'île. Serait-elle là pour les entendre ?

Elle entra dans le jardin de Rose. Derrière les branches des pins, la maison apparut. Les arbres creusaient des tunnels d'ombres autour de ses murs, comme les venelles, à Tokyo, s'éparpillant dans la ville verticale, courant entre les larges avenues, au pied des tours majestueuses.
Elle s'arrêta un instant pour contempler la façade de bois usée, s'étirant sous le ciel d'ardoise. Faite de courants d'air, la bâtisse semblait reposer sur un sol mouvant. Mais elle avait résisté jusqu'à maintenant.

Line s'avança vers la maison, où nul fantôme ne l'attendait. Nulle femme au visage inconnu et à la voix rocailleuse. Nulle sœur d'arme à sauver.

Sa mémoire recousue. Son cœur apaisé. Les obsessions et les cris ont reflué. Saki est encore là, inscrite dans sa chair, dialoguant avec elle. Line garde en elle chacun de ses mots, de ses récits sur les séismes, les protections divines et les archipels cernés d'eau. Mais elle a cessé de guetter ses fantômes. Elle ne les désire plus. Elle n'espère plus leur venue.

Derrière le brouillard ou les grincements de la maison, elle ne cherche plus rien. Rideaux tirés, Line écoute le murmure de la mer, les bruits de la nature qui s'éveille. Elle imagine la porte s'ouvrir, un corps s'approcher et faire grincer le parquet de la chambre. Les mains de Thomas courir sur sa peau.

En bas la cafetière ronronnait, Line entendit les pas lourds d'Adam résonner dans le salon. Une porte claqua. Par la fenêtre, elle regarda sa silhouette épaisse s'éloigner dans le clair-obscur du petit matin.

Elle sortit à son tour et alla s'asseoir sur le muret qui surplombait la mer. Elle regarda le jour se lever en pensant à Rose.

La vieille femme laissait souvent ses yeux dériver vers le grand chêne, et Line savait à présent que son regard allait bien au-delà, qu'il contournait les écailles grises du tronc et qu'il cherchait l'horizon derrière, chargé d'une unique promesse. Rose ne cesserait jamais d'apercevoir partout la silhouette de sa fille – une ombre filante sur la plage, le long des fossés des marais, devant l'embarcadère, parfois même sur l'eau.

Line songea au pouvoir des fictions que l'on se raconte. À la manière dont nous arrivons, chacun, à négocier avec nos douleurs. Car il s'agissait bien de cela : choisir une issue, un chemin possible.

Et pour Line ? Quel avait été son chemin de délivrance, son issue pour conjurer le sort ?

Si chaque drame contenait son propre petit miracle, celui de Line était sa rencontre avec Rose. C'était elle qui lui avait fait découvrir l'île, qui lui avait appris à regarder ses paysages, à arpenter ses dunes parsemées d'oyats et de roquette de mer, ses terres en friche et ses plateaux rocheux. À écouter ses bruits, les cris de ses oiseaux et les feulements de ses bêtes. À respirer son air chargé de sel et des relents des marécages. À puiser dans son sol une force, une énergie pénétrant lentement le corps.

Sans Rose, il n'y avait pas d'île. Pas d'histoire.

Line déposa son sac dans le panier de son vélo ; il contenait un petit paquet qu'elle avait protégé avec un tissu. Le cimetière se trouvait de l'autre côté de l'île. Elle pédala, portée par le vent, accéléra, jusqu'à éprouver le sang qui courait dans ses veines, s'y déversait comme une rivière pourpre, agitée.

Lorsqu'elle arriva devant la grille de l'entrée, elle laissa son vélo et s'engagea dans l'allée principale.

Le cimetière poussait sur une butte. Le mur qui l'encerclait était bas et, en se dressant sur la pointe des pieds, Line pouvait apercevoir la mer. C'était un lieu paisible. Elle chemina à travers les allées jusqu'à ce qu'elle trouve la tombe.

Le prénom du père de Saki était là, gravé dans la pierre : *Hiroshi*.

Elle ouvrit son sac et en retira le paquet. La fleur était abîmée – déjà, dans le tiroir de la commode, elle s'effritait –, mais ses couleurs avaient été préservées. Le camélia *Margaret Davis*, fleur double, sa préférée, avait été soigneusement séché et conservé par la jeune fille et ses pétales blancs sertis d'un rose carmin avaient traversé les années.

Line déposa le camélia devant la stèle.

Elle n'avait jamais su prier. Alors elle regarda la fleur secouée par le vent. Un souffle un peu fort la réduirait en miettes, emporterait ces miettes, puis la pluie les mélangerait à la terre. Ainsi ils seraient réunis.

La terre. Ce tombeau. Ce berceau.

À Tokyo, lorsqu'on l'avait sortie de terre, Line avait été accueillie par des cris. Elle ne savait pas s'il s'agissait d'exclamations de joie ou d'appels à l'aide. Elle était trop épuisée pour comprendre ce qui l'entourait. Et tout était noir encore. Si elle avait pu, avec ce qu'il lui restait de force, elle aurait arraché le bandeau qui lui masquait les yeux. Ça aurait été comme un puits de lumière au milieu des bâtiments effondrés. Un scintillement – éclats de verre, blanc coupant du ciel, visages mouillés et pupilles brillantes de fatigue.

Oui, Line aurait aimé que ce fût ainsi : un accouchement des entrailles de la terre, une seconde naissance.

Cette seconde naissance avait eu lieu. La jeune hôtesse à l'uniforme impeccable, au sourire et au sang-froid inébranlables, qui arpentait les couloirs des aéroports était restée là-bas. Avalée. Une autre s'éveillait.

Sur la tombe, le camélia pris dans le vent se désintégrait lentement. Ses pétales vinrent parsemer le sol d'éclats vifs. Une première goutte toucha le front de Line. Puis une autre. Sous la pluie légère, la fleur éparse se mêla à la terre.

RÉALISATION : NORD COMPO À VILLENEUVE-D'ASCQ
ACHEVÉ D'IMPRIMER SUR ROTO-PAGE
PAR L'IMPRIMERIE FLOCH À MAYENNE
DÉPÔT LÉGAL : JANVIER 2024. N° 154579 (103537)
IMPRIMÉ EN FRANCE